지난 파티에서 만난 사람

Le convive des dernières fêtes

호르헤 루이스 보르헤스
Jorge Luis Borges 1899~1986

바벨의 도서관

성서는 인류의 모든 혼돈의 기원을 바벨이라 명명한다. '바벨의 도서관'은 '혼돈으로서의 세계'에 대한 은유이지만 또한 보르헤스에게 바벨의 도서관은 우주, 영원, 무한, 인류의 수수께끼를 풀 수 있는 암호를 상징한다. 보르헤스는 '모든 책들의 암호임과 동시에 그것들에 대한 완전한 해석인' 단 한 권의 '총체적인' 책에 다가가고자 했고 설레는 마음으로 그런 책과의 조우를 기다렸다.

'바벨의 도서관' 시리즈는 보르헤스가 그런 총체적인 책을 찾아 헤맨 흔적을 담은 여정이다. 장님 호메로스가 기억에만 의지해 《일리아드》를 후세에 남겼듯이 인생의 말년에 암흑의 미궁 속에 팽개쳐진 보르헤스 또한 놀라운 기억력으로 그의 환상의 도서관을 만들고 거기에 서문을 덧붙였다. 여기 보르헤스가 엄선한 스물아홉 권의 작품집은 혼돈(바벨)이 극에 달한 세상에서 인생과 우주의 의미를 찾아 떠나려는 모든 항해자들의 든든한 등대이자 믿을 만한 나침반이 될 것이다.

상상 속에서 결투하고 공상하는 슬픈 주인공을
스스로의 모습이라 느꼈던
이 빈곤한 신사는, 프랑스 문학사에
자신의 이미지를 확고하게 남겼다.

호르헤 루이스 보르헤스

† 보르헤스 세계문학 컬렉션 †

지난 파티에서 만난 사람

빌리에 드 릴아당
박혜숙 옮김

바다출판사

Villiers de L'Isle-Adam

1838~1889

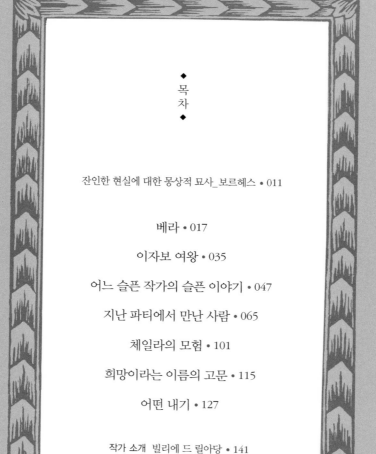

◆
목
차
◆

잔인한 현실에 대한 몽상적 묘사

호르헤 루이스 보르헤스

장 마리 마티외 필리프 오귀스트 빌리에 드 릴아당 백작은 1838년 11월 7일 브르타뉴 주에서 태어나, 1889년 8월 19일 파리 성 요한 수도원 병원에서 사망했다. 켈트족의 거침없는 풍부한 상상력은 운명이 그에게 준 선물이었다. 그는 몰타 기사단의 첫 단장의 후손으로 훌륭한 혈통을 자랑했고, 평범함, 과학, 진보, 자신의 시대, 돈, 진지한 사람들을 유난히 경멸했다. 그의 대표작 《미래의 이브》는 공상과학소설의 단초를 마련한 문학사에 기록될 작품이며, 과학에 대한 풍자를 담은 작품이기도 하다. 희곡 《악셀》은 현자의 돌(중세의 연금술사들이 비금속을 황금으로 바꿀 수 있는 재료가 있다고 믿고 거기에 붙인 명칭. 철학자의 돌이라고도 한다)이라는 테마를 취했다. 1870년 파리에서 공연된 희곡 《반항》은 입센의 《인형의 집》을 예고한다.

프랑스인들의 표현에 따르면 낭만주의자였던 빌리에는, 인간은 낭만주의자와 바보들로 구분된다고 말했다. 그의 시대는 작가에게 기억에 남을 만한 멋진 문장뿐 아니라 대담한 풍자를 요구했다. 아나톨 프랑스는 어느 아침 빌리에의 조상들의 조상들 얘기를 듣기 위해 빌리에의 집에 갔더니, 빌리에가 이렇게 대꾸했다고 말했다. "아침 10시에, 이 대낮에, 자네들에게 기사단 단장과 유명한 육군 원수에 대해 들려 달라는 건가?" 프랑스 왕위를 열망했던 앙리 5세의 테이블에 앉아, 앙리 5세를 위해 모든 것을 희생했던 사람이 앙리 5세를 비난하는 소리를 듣자 빌리에는 그에게 이렇게 말했다. "이보시오, 나는 당신의 폐하를 위해 건배를 들고 있소. 당신의 작위는 문제가 많아 보이는군요. 당신은 왕에게 배은망덕한 짓을 저질렀소." 빌리에는 바그너의 훌륭한 친구였다. 바그너와의 대화가 즐거웠냐는 질문을 받자 빌리에는 담담하게 이렇게 대답했다. "에트나 화산과의 대화가 즐겁겠습니까?"

그의 작품처럼 그의 삶에도 연극적인 요소가 보인다. 귀족이면서도 아주 가난했던 상황이 이런 태도에 영향을 미쳤다. 빌리에가 파리 사교계에 내비치고자 했던 이미지를 보면, 그가 본질적으로 자기방어를 하고 있었다는 생각이 든다.

시인들은 상상력이 풍부하긴 하지만, 과연 어느 정도까지 자신의 시대와 자신의 공간적 장소로부터 자유로울 수 있을까? 셰익스피어의 《로미오와 줄리엣》의 배경은 분명 베로나지만 이탈리아에 있는 베로나라고 보기는 힘들다. S. T. 콜리지의 시 〈늙은 어부의 노래〉의 마법의 바다도 18세기 말 지중해 시인의 경이로운 꿈이지, 조지프 콘래드의 바다나 《오디세이》의 바다가 아니다. 내가 부에노스아이레스가 배경이 아닌 시를 쓸 수 있을까? 똑같은 일이 빌리에의 동양이나 스페인에서도 일어난다. 빌리에가 그린 동양이나 스페인은, 플로베르의 작품 《살람보》처럼 프랑스적이다.

우리가 선택한 그의 훌륭한 단편 걸작들 중 하나는 〈희망이라는 이름의 고문〉이다. 스페인에서 전개되고 시대는 모호하다. 사실 빌리에는 스페인에 대해 잘 알지 못했다. 에드거 앨런 포도 스페인을 아주 잘 알지는 못했다. 그러나 〈희망이라는 이름의 고문〉과 포의 〈함정과 진자〉는 둘 다 잊을 수 없는 작품들이다. 두 작품 다 인간 정신이 어느 정도까지 잔인해질 수 있는지를 보여주기 때문이다. 포에게 공포는 물리적인 것이었다. 빌리에는 더욱 섬세한 정신적 지옥을 우리에게 보여 준다. 〈희망이라는 이름의 고문〉이 스페인 같지 않은 스페인이 배경이라면, 〈체일라의 모험〉은 중국 같지 않은 중국에서 펼쳐진다. 이 작품에서는 '알아맞히지 않으면 삼켜 버리리'라는 유명한 말이 사용됐다. 빌리에는 그 말을 통해 재치 있게 스핑크스의 수수께끼를 암시했다. 독자를 속이기 위한 기교이다. 이 작품은 두 인물의 오만과 그들 가운데 한 명의 극악한 잔인함을 바탕으로 한다. 피날레는 뜻밖에도 굴욕까지도 포용하는 관대함을 보여 준다. 〈어떤 내기〉는 모든 프로테스탄트 종파들의 주장을 감춘다. 힘을 드러내는 사람은 그의 영혼이 길을 잃었음을 암암리에 드러낸다는 사실을 보여 준다. 〈이자보 여왕〉의 테마는 다시 권력자들의 잔인함이다. 이 작품에서 잔인함은 질투로 인해 더욱 커진다. 예상 밖의 해결 방식도 적잖이 잔인하다. 〈지난 파티에서 만난 사람〉은 일부러 경박하게 시작한다. 새벽까지 진탕 놀기로 결심한 몇몇 무분별하고 유쾌한 밤의 유흥자들에 대해 이야기하기 위해 이보다 더 유용한 방법은 없다. 새로운 친구가 나타나 이야기를 어둡게 하고 공포로 몰아넣는다. 믿을 수 없게도 그 공포 안에 정의와 광기가 있다. 《돈키호테》가 현실을 패러디한 기사 소설이듯 〈어느 슬픈 작가의 슬픈 이야기〉는 잔인한 문학 작품인 동시에 문학 작품 그 자체에 대한 잔인한 패러디다. 빌리에의 모든 단편들 가운데 〈베라〉는 분명 가장 환상적인 단편이고 포의 몽상적 세계와 가장 가깝기도 하다. 자신의 슬픔을 위로하기 위해 주인공은 환상 세계를 만들어 낸다. 이 마술은 하나의 보상, 마지막 기대를 담은 망각의 작은 물건을 받는다. 보들레르가 파리의 악과 죄를 유희했듯이, 빌리에는 그곳의 잔인함이란 개념과 유희하고자 했다. 불행히도 지금의 우리는 그것들과 유희하기에는 너무나 많은 것을 알고 있다.

여기 실린 단편들은 주로 《잔인한 이야기》라는 빌리에의 단편집에 실려 있는데, 내용에 맞는 진솔한 제목이다. 그러나 빌리에 드 릴아당이 미사여구를 써가며 스스로 감동해서 파리 살롱에 작품을 소개했을 때는 그 제목이 아니었다. 상상 속에서 결투하고 공상하는 슬픈 주인공을 스스로의 모습이라 느꼈던 이 빈곤한 신사는, 프랑스 문학사에 자신의 이미지를 확고하게 심었다. 우리는 베라보다, 아라곤 유대인(〈희망이라는 이름의 고문〉의 주인공)보다, 체일라보다, 작가 빌리에 드 릴아당 자체를 더 기억하고 있고 앞으로도 그럴 것이다

Jorge Luis Borges

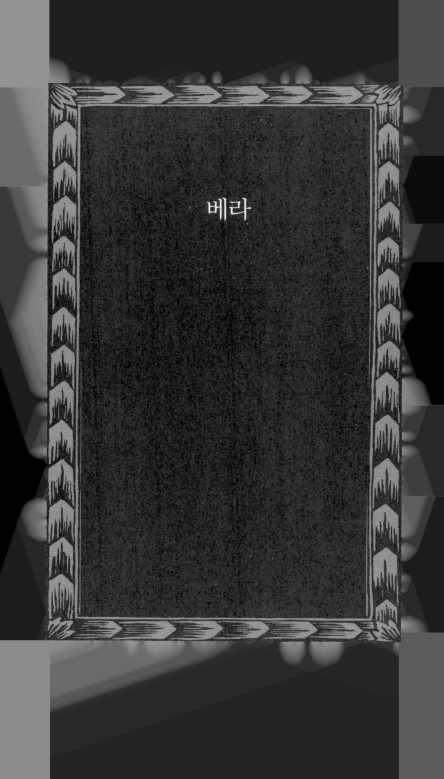

베라

사랑은 죽음보다 강하다고 솔로몬 왕은 말했다. 맞는 말이다. 사랑의 불가사의한 힘은 그 끝을 알 수 없다.

몇 년 전 어느 가을날 해질 무렵, 파리에서의 일이다. 이른 저녁 생제르맹의 어스름한 주택가에는, 벌써 불을 밝힌 마차들이 느릿느릿 지나가고 있었다. 그중 한 대가 오래된 정원으로 둘러싸인 대저택의 문 앞에 멈춰 섰다. 휘어진 철제문 위로는 유서 깊은 아톨 백작 가문의 문장이 있었다. 흰 담비 모피로 두른 파란색 왕관 안에 은칠이 벗겨진 별 장식이 있었고, 그 아래 '창백할지라도 의기양양하게'라고 쓰여 있었다. 마차가 멈추자 무거운 철제문은 양옆으로 열렸다. 마차에서 서른 혹은 서른다섯쯤 된 상복을 입은 남자가 마치 죽은 사람처럼 창백한 얼굴로 내렸다. 말 없는 하인들은 현관 앞 층계에서 횃불을 높이 들고 서 있었다. 남자는 그들에게 눈길 한 번 주지 않고 계단을 하나씩 올라 집 안으로 들어갔다. 아톨 백작이었다.

그는 비틀거리며 하얀 계단을 올라 어떤 방으로 향했다. 그날 아침 제비꽃과 바티스트 천으로 덮여 있는 비로드 관 속에 창백해진 그의 아내 베라를 뉘었던, 바로 그 방이었다. 계단을 다 오르자 카펫 위에서 문은 소리 없이 열렸다. 그는 문 앞의 천을 들어 올렸다.

모든 것이 그 전날 백작 부인이 놓아둔 그 자리에 그대로 있었다. 죽음은, 너무 갑작스러운 죽음은, 벼락같은 충격으로 다가왔다. 지난밤, 사랑하는 그의 아내는 너무 깊은 쾌락으로 의식을 잃었고 너무 강한 충격으로 조여든 가슴은 터질 듯한 희열로 그녀의 심장을 멈추게 했다. 그녀의 입술은 곧바로 어두운 자줏빛으로 물들었고, 숨을 거두기 전 한마디 말도 못한 채 희미하게 미소 띤 얼굴로 남편에게 작별의 키스만을 겨우 할 수 있었다. 그런 후 그녀의 긴 속눈썹은 아름다운 밤처럼 빛나던 그녀의 눈을 마치 장례식의 휘장처럼 덮어 버렸다.

그리고 이름도 없는 하루가 지나갔다.

정오 무렵에 아톨 백작은 가족 묘지에서 끔찍한 장례 의식을 마치고 모든 사람들을 돌려보낸 후, 가족 묘지의 철문을 닫아걸고 사면이 대리석으로 된 묘지 가운데에 시체와 단둘이 남아 있었다.

관 앞에 있는 삼각형의 단 위에는 향이 타오르고 있었다. 램프가 만들어 내는 빛의 너울이 젊은 여인의 시신 머리맡에서 그녀를 비추고 있었다.

그는 깊은 생각에 잠겨 이제는 희망이 사라진 사랑에 대한 알 수 없는 감정에 사로잡혀 하루 종일 그대로 서 있었다. 저녁 6시 해가 질 무렵에야 그는 그 성스러운 곳을 나왔다. 묘지의 문을 다시 닫으며 그는 자물쇠에서 은으로 된 열쇠를 빼 들었다. 그리고 입구의 마지막 계단에 오르자 그는 그것을 무덤 쪽을 향해 소리 없이 던져 버렸다. 그것은 다시는 무덤으로 오지 않겠다는 기이한 결심에 따른 행동이었다.

그리고 그는 다시 죽은 아내의 방을 찾아 들어온 것이다. 십자형의 유리창은 금으로 둘러친 보랏빛의 캐시미어 커튼 사이로 열려 있었다. 마지막 석양빛은 오래된 나무 액자 속 부인의 초상화를 빛내고 있었다. 백작은 주변을 둘러보았다. 드레스는 전날 밤처럼 소파 위에 던져져 있었고 벽난로 위에는 보석들과 진주목걸이와 반쯤 접힌 부채, 그리고 그녀가 다시는 냄새 맡지 못할 무거운 향수병들이 놓여 있었다. 꼬인 기둥의 흑단 침대는 흐트러진 그대로였고, 베개에는 사랑스러운 여신 같았던 그녀의 머리가 누웠던 자국이, 레이스 가운데 여전히 뚜렷했다. 그는 그녀가 기진맥진한 순간 떨어뜨린 핏방울로 빨갛게 물든 손수건을 보았다. 피아노는 열린 채로 결코 끝나지 않을 슬픈 멜로디를 연주하는 것 같았고, 그녀가 온실에 모아 둔 인도산 꽃들은 곧 작센 풍의 오랜 화병 속에서 시들어 갈 터였다. 침대 발치 검은 모피 위에 있는 동양풍의 작은 비로드 슬리퍼 위에는 '베라는 사랑하리라' 라는 장난스러운 문구가 새겨진 구슬들이 반짝이고 있었다. 아내의 벗은 발은 바로 어제 아침에도 그 슬리퍼 위에서 백조의 깃털들에 감싸여 장난을 치고 있었다! 그리고 저기, 저 어둠 속에 있는 괘종시계. 그는 그것의 용수철을 부셔서 더 이상 시간을 울리지 못하게 만들어 버렸다.

그녀는 가버렸다! 대체 어디로! 그런데도 살아야 한다고? 왜지? 그럴 수는 없어, 말도 안 되는 소리야.

백작은 알 수 없는 생각의 심연 속에 깊이 빠져들었다. 그는 지난날을 회상했다. 결혼 후 6개월의 시간을. 그녀를 처음 본 것은 어떤 대사관에서 베푼 무도회에서였다. 그때의 장면이 선명하게 눈앞에 펼쳐지며, 그녀가 눈부시게 다시 나타났다. 그날 밤 둘의 시선이 마주치는 순간, 둘의 영혼은 서로를 단번에 알아보았다. 그리고 둘은 사랑하기 시작했다.

다른 사람들의 실망스러운 반응들, 뭔가 잘못된 것을 찾아내려는 듯한 묘한 웃음들, 뭔가를 말하고 싶어 하는 눈빛들, 헤어질 수 없게 되어 버린 두 사람의 행복한 결합을 지연시키려는 세상의 모든 방해도, 그들이 처음 만난 순간부터 서로에게 느꼈던 분명한 확신 앞에서는 힘을 잃었다.

주변에서 벌어지는 재미없는 파티들에 일찌감치 흥미를 잃은 베라는 조금이라도 난처한 상황이 벌어지면 바로 그에게 달려왔다. 그렇게 아주 고상한 방식으로, 그녀는 무의미하게 흘러가는 순간들을 단축시켜 버렸다.

사람들의 말도 안 되는 소리들은 그저 어둠 속에서 지저귀는 새소리들 같았다. 그들은 서로 은밀한 미소를 주고받았다. 그들의 입맞춤은 얼마나 감미로웠는지!

사실 두 사람은 너무나 독특한 성격의 소유자들이었다. 믿을 수 없을 정도로 감상적이고 감각적인 사람들이었다. 때로 그들은 너무나 강렬한 감성에 사로잡혀 둘 다 불안해했다. 그런 상태에서도 자신을 잊은 채 그 감각에만 몰두했다. 영적인 것, 무한한 것, 신의 존재 같은 것은 그들에게는 그저 장막 뒤에 있는 알 수 없는 것이었다. 많은 사람들이 초자연적인 것에 대해 갖는 그런 믿음을 그들은 막연한 놀라움을 가지고 바라보았다. 도대체 알 수 없는 그런 것들에 대해 그들은 비난도 비판도 하지 않고 그저 무관심할 따름이었다. 세상과 자신들이 다르다는 것을 깨달은 그들은, 세상의 온갖 소리를 차단시켜 버린 이 오래되고 어두운 저택에 스스로 몸을 숨겼다.

거기에서 두 연인은 무기력한 쾌락의 바다에 파묻혀 살았다. 생각은 사라지고 육체의 신비함만이 모든 것을 대신했다! 그들은 격렬한 욕망과 감전 같은 전율과 정신을 잃게 하는 몽롱함 속에 탈진했다. 서로가 서로에게 존재의 힘찬 고동이 되어. 모든 생각은 육체 속에 녹아들어서 육체 자체가 지적으로 느껴졌으며, 그들의 입맞춤, 그 불타는 쇠사슬은 그들을 천국의 결합으로 묶어 주었다. 오랫동안 삶은 너무나 찬란했다! 하지만 갑자기 마법은 사라졌다. 끔찍한 사건이 그들을 갈라놓고 둘의 감은 팔을 풀어 버렸다. 사랑하는 그녀의 죽음이 그에게 어떤 어두운 그림자를 드리웠나? 죽음이라고! 아니. 선이 하나 끊어졌다고 첼로의 영혼도 사라지는 것은 아니지 않은가?

시간이 흘렀다.

그는 십자 창을 통해 서서히 몰려드는 밤을 바라보았다. 그 밤은 마치 다이아몬드 단추가 달린 상복을 입고 유배지로 걸어오는 고독한 여왕처럼 다가왔다. 비너스만이 나무들 저편에서 빛나고 있었다.

"베라구나." 그는 생각했다.

낮게 뱉은 그 이름에 그는 갑자기 꿈에서 깬 사람처럼 몸을 떨었다. 잠시 후 그는 옷을 입고 주변을 바라보았다.

이제 방 안의 물건들은 어렴풋한 빛을 받고 있었다. 작은 등불이 어둠을 창백하게 했다. 하늘을 뒤덮은 밤 때문에 그 등불은 또 하나의 별처럼 보였다. 성상을 놓는 곳에 있는 향기 나는 작은 야등은 베라 가족의 성유물함聖遺物函이었다. 오래된 귀한 나무로 만들어진, 러시아산 에스파르트 천으로 덮인 삼단의 성유물함은 거울과 액자 사이에 매달려 있었다. 그 안쪽에 있는 금에 반사된 빛은 벽난로 위의 목걸이 위에 아른거렸다.

천상의 옷을 입은 마돈나의 둥근 후광이 비잔틴 십자가로 된 장미창처럼 빛났다. 그것의 섬세하고 붉은 윤곽은 반사되는 빛에 녹아들어 진주들을 동양의 핏빛으로 그림자 지게 했다. 어린 시절부터 베라는 눈을 크게 뜨며 가문에서 내려오는 이 모성적이고 순수한 마돈나의 얼굴을 불평했지만, 이 성유물함 앞을 지날 때만큼은 순진하고 사려 깊은 태도로 그녀의 유일하고도 미신적인 사랑을 주었다.

백작은 이것을 보자, 마음속 알 수 없는 곳으로부터 어떤 고통이 엄습함을 느꼈다. 그는 급히 일어나 그 신성한 불빛을 꺼버리고는 손을 뻗어 어둠 속을 더듬어 하인을 부르는 줄을 잡아당겼다.

하인 한 명이 나타났다. 검은 옷을 입은 늙은 하인이었다. 그는 램프를 들고 들어와 백작이 있는 방문 앞에 놓았다. 주인이 마치 아무 일도 없는 것처럼 웃음 짓고 있는 것을 보자, 그는 몸을 돌렸다. 소름 끼치는 전율을 느끼면서.

"레몽." 백작은 조용히 말했다. "오늘 밤, 나와 백작 부인은 너무 피곤해. 그러니 저녁은 10시쯤 준비하도록 해. 그리고 우리는 이제부터 은둔 생활을 하기로 했어. 그러니 자네 말고는 누구도 들이지 말게. 하인들은 3년치 봉급을 주고 모두 내보내게. 그리고 대문의 빗장을 채우고 아래층 식당에는 불을 밝히도록 해. 자네만으로 충분해. 이제부터 우린 아무도 만나지 않을 거네."

늙은 하인은 몸을 떨며 그를 가만히 바라보았다. 백작은 시가에 불을 붙이고 정원으로 나가 버렸다.

하인은 너무 큰 고통, 너무 절망적인 고통이 주인의 정신을 나가게 한 거라고 생각했다. 그는 주인을 어린 시절부터 잘 알고 있었다. 때문에 마치 몽유병 환자 같은 그를 즉각적으로 갑자기 깨우는 것은, 그에게는 치명적인 일일 거라고 생각했다. 지금 그가 해야 할 일은, 주인의 이런 기이한 행동을 비밀로 지켜 주는 것이었다.

그는 머리를 숙였다. 주인에게 하나의 신앙과도 같은 이 환상에 충실한 공범이 되어야 하나? 복종해야 하나? 부인이 죽었다고 생각하지 말고 두 분 다 섬기지 뭐. 정말 어이없는 생각이군! 하룻밤만 참으면 될까? 아님, 내일도? 내일도라니, 정말 말도 안 돼! 아! 하지만 누가 알겠어? 어쨌든 거룩한 착각이잖아! 범죄도 아니고 말이야!

그는 방을 나갔다. 그러고는 주인의 명령을 실행에 옮겼다. 그리고 바로 그날 저녁부터 이상한 생활이 시작됐다. 그것은 끔찍한 환영 속의 삶이었다. 처음 며칠간의 이상스러움은 곧 사라졌다. 레몽은 처음에는 멍한 채로 그다음에는 공손하게 성의를 다해 자연스럽게 행동하기 위해 있는 힘을 다했다. 3주가 지나자 때때로 그는 자신도 세뇌된 것 같았다. 속생각은 점점 희미해져 갔다. 때때로 머리가 혼미해져서 백작 부인은 죽었다는 사실을 상기해야 할 정도였다. 그는 이 음울한 놀이에 깊이 빠져 매 순간 현실을 잊어버렸다. 급기야 한참을 깊이 생각한 후에야 제정신을 차릴 지경이 되었다. 그는 백작의 그 음울한 마력에 스스로를 통째로 잊어버릴 것만 같아 두려웠다. 때론 감미롭게 느껴지는 그런 두려움이었다.

아톨 백작은 정말 사랑하는 아내의 죽음을 잊어버린 것 같았다! 그녀가 지금도 곁에 있다고 생각했다. 두 명의 모습이 늘 함께 어우러졌다. 그는 때론 정원의 벤치에서 햇볕을 받으며 큰 소리로 그녀가 좋아하는 시를 읽었다. 또 때때로 저녁 시간에 벽난로 옆 원탁 위에 두 개의 찻잔을 놓고 그에게 눈웃음 짓는 그녀의 환영과 이야기하곤 했다.

몇 날 며칠 밤이 지나고 몇 주가 지났다. 둘 중 누구도 그들이 무슨 일을 하고 있는 것인지 알지 못했다. 그리고 급기야는 어떤 것이 환영이고 어떤 것이 현실인지 구별할 수 없는 이상한 상황에 직면하게 되었다. 어떤 존재가 허공에 있었다. 뭐라 말할 수 없는 공간 중에 실재하는 것 같았다.

아톨 백작은 환각 상태에서 이중의 삶을 살았다. 눈을 깜빡이면 어떤 부드럽고 창백한 얼굴이 스쳐 지나가면서 희미한 피아노 건반 소리가 울렸다. 어느 때는 말을 하려는 순간 누군가의 입맞춤에 입이 막히기도 했고, 몽롱한 안개 같은 아내의 부드럽고 아찔한 향수 냄새가 코끝을 스치는 것 같기도 했다. 밤에는 비몽사몽간에 낮게 속삭이는 소리가 들렸다. 모든 것이 그녀의 존재를 말해 주었다. 그것은 알 수 없는 힘에 의해 사라진 죽음에 대한 거부의 방식이었다.

한번은 그녀가 정말 옆에 누워 있는 것 같아 그녀를 품에 안았다. 하지만 곧 몸을 돌리고 미소 지으며 이렇게 웅얼거렸다.

"어린아이 같기는!"

그리고 그는 무심하게 잠만 자는 애인에게 화가 난 사람처럼 다시 잠에 빠져들었다.

그녀의 축일에, 그는 '불멸의 여신'이라는 글을 놓은 꽃다발을 베라의 베개 위에 던지며 이렇게 말했다.

"자기가 정말 죽은 줄 안다니까……."

이 적막한 저택에서 그녀를 살아 숨 쉬게 하려는 아톨 백작의 의지는 너무나 집요하고 간절해서 결국 그녀는 이 집에서 암울

하면서도 매력적인, 결코 부정할 수 없는 존재가 되어 버렸다.

　레몽도 이제는 어떤 두려움도 느끼지 못한 채 이와 같은 환각 상태에 길들어져 갔다. 복도 저 끝에서 보이는 검은 비로드 드레스 자락, 살롱에서 그를 부르는 유쾌한 목소리, 예전처럼 아침마다 그를 깨우는 종소리, 그 모든 것에 친숙해졌다. 죽은 부인은 아이처럼 숨바꼭질을 하고 있는 것 같았다. 그녀는 너무나도 사랑받고 있었고 모든 것이 너무나 자연스러웠다!

　그렇게 1년이라는 세월이 흘렀다.

　1년을 기념하는 날 저녁, 백작은 베라의 방 벽난로 옆에 앉아 그녀에게 피렌체의 우화집을 읽어 주었다. 그러고는 책을 덮고 찻잔에 차를 따르며 말했다.

　"당신, 란 강가의 로즈 계곡에 있는 카트르 투르 성을 기억하지? 그렇지?"

　그는 몸을 일으켰다. 푸르스름한 거울 속에서 그는 평소보다 더 창백해 보였다. 그는 함 속에서 진주 팔찌를 꺼내 진주들을 유심히 바라보았다. 베라가 방금 전 옷을 벗으며 팔찌를 벗어 놓은 것인가? 진주들은 여전히 따뜻한 것 같았고 진주의 빛깔은 더 영롱한 것 같았다. 육체의 따스함을 여전히 간직하고 있는 것처럼. 오팔로 된 시베리아 목걸이는 베라의 가슴을 너무나 좋아해서 젊은 여주인이 며칠 자신을 잊기라도 하면 병든 것처럼 창백해지곤 했다. 바로 그 이유로 백작 부인도 그 충직한 보석을 아겼다. 오늘 밤 오팔은 그녀의 몸에서 방금 떨어져 나온 것처럼 빛났다. 마치 죽은 여인의 미묘한 마력이 여전히 보석 안에서 숨 쉬고 있는 것 같았다. 목걸이를 제자리에 놓는데, 우연히 바티스트 천으로 된 손수건이 백작의 손을 스쳤다. 손수건 위에는 카네이션처럼 붉은 핏자국이 여전히 붉고 축축했다……. 그런데 저 피아노 위의 악보는 누가 페이지를 넘겨 놓은 걸까? 세상에! 성유물함 속의 불도 켜져 있네! 정말로, 그것의 금빛 불꽃은 마돈나의 눈 감은 얼굴을 신비하게 비추고 있었다! 오래된 작센 풍의 꽃병 속에 있는, 마치 방금 딴 것처럼 싱싱한 저 동양의 꽃들은 대체 누가 여기에 가져다 놓은 것일까? 방 안에는 생기와 기쁨이 가득했다. 전보다 더 의미심장하고 강렬한 생명력이 뿜어 나오고 있었다. 하지만 백작은 그 어떤 것에도 놀라지 않았다! 그 모든 것이 그에게는 당연한 일로만 여겨졌다. 심지어 1년 전에 멈추었던 괘종시계가 다시 울리고 있는 것도 그는 알아차리지 못했다.

오늘 밤, 그는 베라가 저 어둠의 심연으로부터 그녀의 향기로 가득한 이 방으로 다시 돌아오기를 고대하는 것 같았다! 그녀는 너무나 많은 것들을 그대로 남겨 두고 갔다! 그녀 자신이었던 그 모든 것들이 여전히 그녀를 여기에 잡아 두고 있었다. 그녀의 매력이 여전히 방 안에 가득했다. 남편의 미친 듯한 욕망이 만들어

낸 광기가 그녀를 죽음의 보이지 않는 힘으로부터 분리해 낸 것 같았다!

그녀는 그곳에 있어야만 했다. 그녀가 사랑하는 모든 것이 그곳에 있기에.

자신의 백합 같은 얼굴을 비추며 행복해했던 이 신비한 거울에 그녀는 또다시 얼마나 웃음 짓고 싶을 것인가! 그 아름답던 시신은 분명 불빛도 없는 보랏빛 관 속에서 몸을 떨고 있을 것이었다. 그 여신 같은 시신은 홀로 납골당 속에서 바닥에 떨어진 은빛 열쇠를 보며 몸서리치고 있을 것이었다. 그녀도 그에게 오기를 간절히 바랄 테지만, 향 내음과 고독 속에 주저앉아 있을 것이다. 죽음이란 하늘을 소망하는 자에게만 분명한 것이다. 하지만 그녀에게는 그와의 포옹만이 죽음이며 하늘이며 삶이 아니던가? 남편의 고독한 입맞춤이 어둠 속에서 그녀의 입술을 부르고 있었다. 그리고 과거의 멜로디, 그 취한 듯한 속삭임, 그녀를 덮었던 천과 거기에 스며 있는 그녀의 냄새, 여전히 그녀와 교감하는 것 같은 마력적인 보석들, 무엇보다 너무나 강력하게 사물들 사이에 흘러넘치는 그녀의 절대적인 존재감이 그녀를 부르고 있었다. 그 모든 것이 오래전부터 소리 없이 그녀를 그곳으로 불러들이고 있었고, 결국 잠자는 듯한 죽음으로부터 벗어난 그에게 필요한 것은 오직 그녀뿐이었다!

아! 공상들은 살아 있는 존재였다……! 백작은 빈 공기 중에 사랑하는 사람의 형상을 만들었고, 그 빈 곳은 오직 그녀로 채워져야 했다. 그렇지 않으면 우주는 사라질 것이었다. 그 순간 '그녀가 이 방에 있어야 한다'는 분명하고 단순하고 절대적인 느낌이 스쳐 지나갔다! 그 생각은 너무나 조용하고 분명하게 파고들어 그 자신뿐 아니라 주변의 모든 사물들도 그렇게 소리치는 것 같았다. 그녀가 보였다! 그가 그리워하는 것은 오직 베라, 만질 수 있고 형태가 있는 그녀였기 때문에 그녀는 그곳에 있어야만 했고 삶과 죽음은 끝없는 그들의 문을 잠시 열어 보여야만 했다! 부활의 길이 믿음으로 말미암아 그녀에게까지 이른 것이다! 노래 같은 산뜻한 웃음소리가 신혼의 침대를 밝혔다. 백작은 몸을 돌렸다. 그의 눈앞에는 의지와 추억으로 만들어진 베라가 아직도 잠이 덜 깬 눈으로 팔을 괴고, 흐느적거리며, 레이스 베개 위에 늘어진 검고 숱 많은 머리를 한 손으로 잡고는, 관능적이고 달콤한 미소를 지으며 입을 반쯤 벌린 채 그를 바라보고 있었다.

"로제……!" 아득히 먼 곳에서 나는 목소리로 그녀가 그를 불렀다.

그는 그녀 곁으로 갔다. 그들의 입술이 모든 것을 잊게 하는 불멸의 쾌락 속에 합쳐졌다!

그리고 그들은 이 세상에서 유일한 존재임을 깨달았다.

하늘과 땅이 만나는 이 황홀경의 순간에 시간은 과거도 현재도 아닌 알 수 없는 느낌으로 스쳐 지나가고 있었다.

갑자기 아톨 백작이 몸을 떨었다. 마치 어떤 운명적인 영감이 머리를 때린 것처럼!

"아! 이제 생각나는군! 내가 뭘 하는 거지? 당신은 죽었잖아!"

바로 그 한마디에 성유물함 속의 신비한 작은 불빛은 꺼져 버렸다. 비가 올 것 같은 회색빛의 아침이 커튼 틈새로 파고들었다. 흔들리던 촛불이 꺼져 붉은 심지에서는 매캐한 연기가 났다. 벽난로의 불도 따뜻한 재 속에 사그라졌다. 꽃도 한순간에 말라 버렸다. 괘종시계의 종도 서서히 움직임을 멈추었다. 모든 사물들이 주었던 확신은 한순간에 날아가 버렸다. 빛이 죽은 오팔은 더 이상 반짝이지 않았다. 그 곁에 있던 바티스트 천의 핏자국도 바래져 버렸다. 열정적이고 창백한 환영은 절망적으로 다시 한 번 그녀를 붙잡으려는 그의 팔 사이로 빠져나가 공기 속으로 사라져 버렸다. 작은 이별의 한숨 소리가 로제의 영혼에까지 들려왔다. 백작은 몸을 일으켰다. 그리고 자기가 혼자라는 사실을 깨달았다. 그의 꿈이 한순간에 사라져 버린 것이다. 한마디 말로 모든 마술의 실타래가 풀어진 것이다. 이제 죽음이 주위를 둘러쌌다. 두꺼운 부분은 아무리 내리쳐도 깨지지 않지만 바늘 끝보다 더 작은 틈새를 치면 갑자기 산산이 부서지는 유리처럼, 모든 것이 사라져 버렸다.

그는 중얼거렸다. "오! 다 끝나 버린 것인가……! 가버렸어……! 이제 혼자야……! 이제 당신에게 가려면 어떻게 해야 하지? 당신에게 갈 수 있는 길을 가르쳐 줘……!"

갑자기, 그에게 대답하는 것처럼, 어떤 물체 하나가 신혼의 침대 위에 금속성의 소리를 내며 떨어졌다. 지상의 암울한 빛이 그것을 비추었다. 버림받은 남자는 몸을 굽혀 그것을 집어 들었다. 그는 그것을 알아보고는 환하게 미소 지었다. 무덤의 열쇠였다.

이자보 여왕

1404년경 샤를 6세의 부인으로 프랑스를 섭정하던 이자보는 파리의 오래된 몽테규 저택에서 살고 있었다. 바르베트라는 이름으로 더 유명한 저택이었다.

종종 사람들은 센 강변에 횃불을 밝히고 유명한 창 시합을 벌였다. 그런 밤은 축제의 밤이었으며 산해진미의 밤이었다. 궁정에서 제공하는 화려한 장식들 속에 빛나는 아름다운 여자들과 젊은 귀족들이 그 축제의 흥을 돋우었다. 여왕은 새로 디자인한 드레스를 처음으로 선보이기 위해 나타났다. 보석으로 장식된 리본 사이로 가슴골이 훤히 들여다보였고, 새로 한 머리 모양은 얼마나 높은지 저택의 철대문 높이를 올려야 할 지경이었다.

낮 동안에 루브르 근처에 있던 궁정 사람들은 왕의 재정관인 에스카발라의 큰 거실과 오렌지나무 테라스에 모여들었다. 그곳에서 파스디스 주사위 놀이를 하곤 했는데, 내기에 거는 돈이 얼마나 엄청난지 시골 마을 몇 개 정도는 굶어 죽일 수도 있을 정도였다. 사람들은 몇 게임 만에 샤를 5세가 힘들게 거둬들인 엄청난 국고를 탕진해 버렸다. 국고가 줄어들면 돈을 더 만들어 내고 세금과 부역을 올리고 보조금과 원조금과 소금세, 구제비 등의 명목으로 돈을 거둬들이면 그만이었다. 걱정 근심이란 없었다. 이 시절은 나라의 모든 끔직한 세금들을 없애는 데 앞장섰던 장 드 느베르가 살던 시대이기도 했다. 그는 기사이며 살랭의 귀족이고, 플랑드르와 아르토와 느베르의 백작이고, 레텔의 남작이자 말린의 궁중 백작이었다. 그는 두 번씩이나 프랑스 궁정의 고위직, 그중에서도 최고 의장을 지냈으며 왕의 사촌이었다. 또한 아무도 축출할 수도 없었던, 무조건 복종해야 하는 종신 군대 대장, 다시 말해 최초의 국가적 봉신이며 왕의 첫 번째 신하였고 (왕 자신이 국가의 첫 번째 신하라면) 부르고뉴를 이어받을 상속자이기도 했다. 그가 에스베 전투에서 승리하여 모든 군대들로부터 '두려움 없는 자'라는 영웅적인 별명을 갖게 된 것도 이때쯤이었다. 또 필립 르 아르디와 마르게리트 2세의 아들이었던 이 '용감한 장'이 조국을 구하기 위해 헤리퍼드와 랭커스터의 백작이며 영국 왕 서열 5위인 앙리 드 데르비에게 도전장을 내밀 생각을 하던 때도 이때쯤이었다. 데르비는 영국 왕이 그의 목에 현상금을 걸자 영국을 배신해서 유명해진 인물이었다.

며칠 전부터 사람들은 에스카발라의 집에서 서투른 솜씨로 오데트 드 샹디베르가 들여온 새로운 카드놀이를 하면서 모든 종류의 내기를 하고 있었다. 그들은 부르고뉴 영지에서 나는 가장 좋은 포도주를 마시며 비를레❖를 읊었다. 또 옷과 장신구들에 관해 떠들어 대거나 자유로운 쿠플레❖❖를 노래하기도 했다.

이 부잣집의 딸인 베레니스 에스카발라는 아주 사랑스럽고 더할 수 없는 미인이었다. 그녀의 청초한 미소에 멋진 젊은이들이 벌 떼처럼 몰려들었다. 이것은 그녀가 모든 젊은 남자에게 하나같이 친절하다는 증거이기도 했다. 어느 날 이자보 여왕의 총애를 받고 있던 드 몰이라는 젊은 귀족 한 명이 이곳에 찾아와 이 집 주인인 에스카발라의 순진한 딸을 자기 앞에 무릎 꿇리겠다고 호언장담했다(분명 술에 취해 그랬을 것이다). 그녀를 곧 자기 여자로 만들어 버리겠다는 뜻이었다.

이 말은 궁정의 젊은이들 사이로 빠르게 퍼져 나갔다. 그들 주변에는 늘 우스운 소문거리들이 끊이지 않았으니, 드 몰의 경솔한 내기도 예외는 아니었다. 그 소문은 루이 도를레앙의 귀에

....
❖ 중세의 단시(短詩).
❖❖ 중세의 무훈 시.

까지 들어갔다.

　여왕과 사돈지간인 루이 도를레앙은 여왕의 섭정 초기부터 그녀의 눈에 띄어 그녀와 아주 열정적인 관계를 맺고 있었다. 그는 경박한 멋쟁이였지만 매우 냉소적인 사람이었다. 이자보 드 바비에르 여왕과 그 사이에는 매우 흡사한 공통점이 있어서 그들의 관계는 마치 오누이 사이의 근친상간 같은 느낌을 주었다. 그는 위선적이고 변덕스러운 감정의 소유자였을 뿐 아니라 여왕의 마음속에 항상 그에 대한 알 수 없는 욕망이 자리 잡도록 했는데, 그것은 순수한 감정이라기보다는 계략 같은 느낌을 주었다.

　루이 도를레앙 백작은 여왕의 총애를 받는 자들을 감시했다. 만일 누군가가 여왕에 대한 자신의 영향력에 위협을 줄 정도로 여왕과 가까워지면, 수단과 방법을 가리지 않고 둘 사이를 비극적인 방법으로 갈라놓았다. 밀고도 서슴지 않았다.

　이런 그의 노력으로 비담 드 몰의 내기에 관한 이야기가 여왕의 귀에까지 들어가게 되었다.

　이자보 여왕은 웃으며 그 얘기를 농담처럼 받아들이고는, 더 이상 생각하지 않는 듯 보였다.

　여왕 주변의 약제사들은 여왕의 욕망을 불타오르게 하는 동방의 비밀스러운 약들을 가져다주었다. 환생한 클레오파트라 같은 그녀는 지치지 않는 열정의 소유자였다. 그녀는 자신의 땅

을 영국으로부터 해방시키는 일보다는 영주의 저택 깊숙한 곳
에서 사람들에게 사랑놀이를 시키거나 시골에 이런저런 유행을
퍼뜨리는 일에 더 적합한 여자였다. 하지만 이번 경우에 그녀는
어떤 사람의 의견도 구하지 않았다. 연금술사 아르노 기헴의 의
견조차.

　어느 정도 시간이 흐른 어느 날 저녁, 드 몰은 바르베트 저택
에서 여왕과 함께 있었다. 시간은 흐르고 쾌락의 노곤함으로 두
연인은 깊은 잠에 빠져 있었다.
　갑자기 드 몰의 귀에 파리 시내로부터 음울하고 생경한 종소
리가 들리는 것 같았다.
　그는 옷을 입으며 물었다. "무슨 소리지?"
　"모르겠는데. 알게 뭐야!" 이자보 여왕은 눈도 뜨지 않은 채
경쾌하게 대답했다.
　"알게 뭐야라니, 여왕님? 혹 무슨 일이 벌어진 건 아닐까?"
　"아마…… 그럴지도. 그래서 어떻다는 거지?"
　"어느 곳에선가 불이 난 게 분명해!"
　"나도 방금 그런 꿈을 꾸었는데." 여전히 잠에 취한 아름다운
여왕은 진주 같은 이를 드러내며 미소 지으며 말했다. "그런데
내 꿈속에서 불을 지른 사람은 당신이었어. 당신이 기름과 사료
창고에 횃불을 던지더군. 귀여운 사람."

† 이자보 여왕 †

"내가?"

"그래……(그녀는 말끝을 길게 끌었다)! 당신이 에스카발라 재무관 집에 불을 지르더라구. 당신도 알다시피 전에 당신이 한 내기에 이기기 위해서 말이야."

드 몰은 알 수 없는 두려움에 사로잡혀 눈을 반쯤 떴다. "내기라니? 아직 잠이 덜 깬 것 아니야? 나의 어여쁜 천사님?"

"당신이 그 아름다운 눈의 베레니스를 정부로 만들겠다고 한 내기 말이야! 정말 착하고 예쁜 아이지, 안 그래?"

"이자보, 대체 무슨 소릴 하는 거야?"

"내 말이 무슨 뜻인지 이해하지 못하시겠어요, 나리? 다시 말하지요. 당신이 내 재무관의 딸을 납치해서 그녀를 자기 것으로 만들기 위해 그 집에 불을 지르는 꿈을 꿨다고."

드 몰은 적막한 주변을 둘러보았다. 정말로 이 방의 창문을 통해 멀리 불길한 섬광이 어른거리고 있었다. 그 붉은빛은 여왕이 누워 있는 침대에 깔려 있는 흰 담비 모피를 핏빛으로 물들였다. 방패 위의 백합꽃도, 에나멜 화분 속의 시든 백합도 핏빛으로 물들었다. 포도주와 과일이 놓여 있는 쟁반 위의 포도주 잔두 개도 붉은색이었다.

"아 참, 그랬었지……." 젊은 남자는 낮게 웅얼거렸다. "우리의 쾌락을 방해하는 젊은 귀족들 시선을 그 여자아이에게 돌리려고 그랬던 거야! 그런데 이자보, 정말 큰 불이 난 모양이야, 루브르 쪽에서 난 것 같은데!"

이 말에 여왕은 팔을 괴고 한참 말없이 드 몰을 바라보았다. 하지만 이내 머리를 흔들었다. 그러고는 장난치듯이 무심하게 몸을 기울여 그의 입술에 길게 입을 맞추더니 말했다.

"언젠가 그레브 광장에서 태형을 당하게 되면 집행관 카펠루시에게 그 말을 꼭 하도록 해. 이 비열한 방화범, 나의 사랑!" 그러고는 남자의 동양적 체취에 몸이 달아올라 생각마저 잊은 여왕은 그에게 몸을 바짝 붙였다.

경보는 계속 울려 대고 멀리서부터 사람들의 외침이 들려오고 있었다.

그는 농담처럼 답했다. "하지만 무슨 증거를 찾아내야 하지 않을까?" 그러고는 그녀에게 입을 맞추었다.

"증거라고? 뻔뻔한 인간 같으니."

"물론이지!"

"당신은 내가 당신에게 몇 번이나 키스했는지 그 증거를 댈 수 있어? 여름밤에 날아가 버린 나비의 숫자를 말할 수 있냐고!"

그는 열에 들뜬 정부를 가만히 쳐다보았다. 그녀는 너무나 창백했다. 방금 그와 함께 나눈 기막힌 관능의 희열을 포기한 참인 것이다. 그는 그녀의 손을 잡았다. 젊은 여왕은 계속 말했다

"게다가 너무 간단하게 짐작할 수 있는 일이잖아. 에스카발

라의 딸을 납치하기 위해 불을 지를 사람이 당신밖에 더 있겠어? 내기를 건 사람은 당신뿐이잖아! 게다가 당신은 불이 났을 때 어디에 있었는지 결코 말할 수 없을 테니, 샤틀레 재판에서 범인으로 몰리기에 충분하지. 사람들은 그렇게 단정 지을 거고 그다음은…… (그녀는 부드럽게 하품을 했다) 고문이 모든 문제들을 해결하겠지."

"내가 어디 있었는지 말 못한다고?" 드 몰이 대꾸했다.

"물론이지, 샤를 6세가 시퍼렇게 살아 있는데, 그 시간에 프랑스 여왕의 품에 있었다고 할 참이야? 이 순진한 사람아!"

어떤 방법을 택하든 모두 끔찍한 죽음을 피할 길은 없었다.

"맞는 말이군!" 드 몰은 애인의 부드러운 눈빛에 취한 듯 말했다. 그러고는 타오르는 금처럼 붉고 따스한 머리 속에 몸을 구부리고 있는 싱싱한 몸을 한 팔로 안았다.

"그것은 꿈일 뿐이야, 오 아름다운 내 생명!"

그들은 지난 저녁 함께 음악을 연주했었다. 쿠션 위에 던져져 있던 그의 시톨❖의 줄 하나가 난데없이 저절로 끊어졌다.

"다시 잠을 청해 봐요! 나의 천사! 졸린 모양이야!" 이자보 여왕은 젊은 남자의 이마를 가슴으로 부드럽게 끌어안으며 말했다.

❖ 현악기의 한 종류.

악기의 줄이 끊어지는 소리에 그는 몸을 떨고 있었다. 사랑하는 사람들은 원래 더 미신적이 되는 법이다.

다음 날, 드 몰은 체포되어 그랑 샤틀레의 감옥에 투옥되었다. 먼저 혐의에 대한 고발부터 시작되었다. 그리고 모든 것은 매혹적이고 근엄한 애인이 말한 그대로 정확히 진행되었다. 너무나 아름다운 그녀는 분명 그녀의 애인들보다는 더 오래 살아남아야만 하리라.

드 몰은 도대체 알리바이라는 것이 정의의 이름으로 존재하고 있는지조차 알 수 없었다. 몇 번의 심문 후, 그에게 바로 방화범에게 내리는 바퀴에 매달아 죽이는 형벌이 언도되었다.

단지 그랑 샤틀레에서 이상한 일이 하나 벌어졌을 뿐이다. 그 젊은이의 변호사는 그에게 깊은 연민의 정을 느꼈던 모양이다. 드 몰이 모든 사실을 그에게 말해 주었기 때문이다. 드 몰의 결백함을 보고 그는 자신이 대신 감옥에 들어가겠다는 영웅적인 결심을 했다. 그러고는 처형 전날 감옥에 와서, 그에게 자신의 변호사 옷을 입혀 달아나게 했다. 그러니까 그와 자신을 바꿔치기한 것이다. 그럴 수 있었던 건 그 변호사가 정말로 고매한 영혼을 가졌기 때문이었을까? 아니면 어떤 야망 때문이었을까? 진실을 누가 알겠는가!

고문으로 온몸의 뼈가 다 부서지고 살이 타버린 드 몰은 국경

너머에서 결국 죽고 말았다. 그러나 변호사는 그의 자리를 대신 지키고 있었다. 아름다운 여왕은 젊은 애인 드 몰이 도망쳤음을 알아챘음에도 뜻밖의 행동을 보였다. 그녀는 애인의 변호사를 모른 척했다. 그리고 드 몰의 이름이 명부에서 사라지게 하기 위해 무조건 형을 집행시켰다. 결국 변호사는 드 몰 대신 그레브 광장에서 처형당하고 말았다.

부디 가없은 두 사람의 명복을 빌어 주길…….

어느 슬픈 작가의
슬픈 이야기

Sombre récit, conteur plus sombre

그날 저녁 나는 어떤 작품의 성공을 축하하기 위한 극작가들의 만찬에 초대받아 갔다. 장소는 당시 글쟁이들 사이에 유행이었던 B 레스토랑이었다. 처음 만찬이 시작됐을 때의 분위기는 가라앉아 있었다. 하지만 오래된 레오빌 술이 몇 잔 돌자 분위기는 들뜨기 시작했다. 더욱이 화제는 당시 파리 사람들 사이에 가장 큰 관심거리였던 결투에 관한 것이었다. 모두가 장검을 휘둘렀던 자신들의 지난 이야기들을, 허풍을 섞어 회상하며 은연중에 칼과 총에 대한 고만고만한 지식들을 뽐내고 있었다. 그중에서도 제일 순진해 보이는 사람은 정신줄을 놓아 버린 듯 테이블 위에서 포크와 나이프를 휘두르며 결투 장면에 푹 빠져 있었다.

갑자기 그곳에 온 사람 중 한 명인 D***(연극계의 거장이며 극적인 연출에 있어서 대가인, 한마디로 이 바닥에서 최고로 성공한 사람 중 하나)가 소리쳤다.

"여러분들, 제가 얼마 전 겪었던 이야기를 듣고 싶지 않으세요?"

그러자 사람들이 대답했다.

"그럼요! 일전에 있었던 생세베르 씨 결투 때 참관인이었다지요?"

"듣고 싶고말고요! 어떤 일이 있었는지 말해 주세요."

그러자 D***는 말했다. "생각만 해도 가슴이 저려 오는 이야기지만 저도 이야기하고 싶군요."

잠시 조용히 담배 연기를 내뿜은 후에 D***는 다음과 같은 이야기를 시작했다. (나는 그가 한 이야기를 거의 그대로 여기에 옮기려고 한다.)

"보름 전 어느 월요일 아침 7시에, 초인종 소리에 잠이 깼지요. 저는 페라갈로인 줄 알았어요. 그런데 가져온 명함을 보니 라울 드 생세베르였습니다. 그는 학교 때 저와 가장 친한 친구였지요. 우리는 10년도 넘게 못 만났었어요.

그가 들어왔습니다.

정말 그였어요! 저는 그에게 말했습니다.

― 도대체 얼마 만에 악수를 해보는 거지? 다시 보게 되어 반갑네! 우리 점심이나 먹으며 이야기하지. 브르타뉴에서 오는 길인가?

― 어제 막 도착했지.

그가 대답했습니다.

나는 실내복을 입고 마데르 술을 따르고는 자리에 앉아 말했습니다.

― 라울, 뭔가 걱정거리가 있어 보이는데, 무슨 일이야……? 아님 원래 자네 표정이 그런가?

― 마음이 불안해서 그렇다네.

― 불안하다니? 주식에서 돈이라도 잃은 건가?

그는 머리를 흔들었지요. 그러고는 짧게 물었습니다.

― 자네, 죽음의 결투에 대해 들어 봤나?

그 질문에 나는 깜짝 놀랐지요. 예상하지 못한 질문이었으니까요.

― 무슨 농담이야!

대화를 이어 가기 위해 나는 대답 대신 이렇게 얼버무리고는 그를 가만히 쳐다봤지요. 그러자 그의 문학적 재능이 불현듯 생각났습니다. 조용한 시골구석에서 연극 한 편을 쓰다가, 그 대단원에 대한 충고를 듣고 싶어 내게 찾아왔다고 생각했지요.

― 들어 보기만 했겠나! 그런 이야기를 만들어 내고 풀어 가

는 것이 내 직업 아닌가! 물론 이야기는 만남부터 시작되지. 이 방면에서 내 재능은 모두가 알아줄 정도지. 월요 잡지들은 안 보나?

　─ 그래 맞아. 바로 그런 종류의 일이라네.

　그는 대답했습니다.

　나는 그를 빤히 바라봤지요. 그는 깊은 생각에 잠긴 듯 멍했습니다. 그의 조용한 눈빛과 목소리는 요동도 없었습니다. 그 순간 그는 시르빌❖을 많이 닮아 있었습니다. 물론 좋은 작가였을 때의 시르빌이지요. 그는 영감에 사로잡힌 듯했고, 타고난 재능이 있어 보였습니다. 어쨌든 그에게서 뭔가를 느낄 수 있었습니다.

　나는 참지 못하고 소리 질렀지요.

　─ 대체 어떤 상황이야! 상황을 좀 설명해 보라고! 그걸 알아야……

　라울은 눈을 크게 뜨며 대답했습니다.

　─ 상황이라구? 그건 너무 간단해. 어제 아침 호텔에 도착했을 때, 저녁 초대를 받았지. 생토노레 거리의 프레빌 부인 댁에서 열리는 무도회에 초대받았다네. 나는 그곳에 참석해야만 했

❖ 발자크의 누이이자 작가였던 로르 시르빌(Laure Surville, 1800~1871)을 가리키는 듯함.

네. 그런데 파티가 한창 진행 중일 때(무슨 일이 일어났는지는 판단에 맡기겠네만) 내가 모든 사람들 앞에서 어떤 남자의 면상에 어쩔 수 없이 장갑을 던져야만 할 일이 벌어졌다네.

나는 그가 자신이 구상한 '작품' 의 첫 번째 장면을 말하는 줄 알았습니다. 그래서 이렇게 말했지요.

─ 오, 그래그래! 어떻게 그렇게 전개시킨 거지? 그래, 처음에는 젊음과 혈기가 발단이 되긴 하지! 그런데 그다음은? 동기가 뭐지? 무대 구성은? 드라마 전개는? 그러니까 전체적으로 강력한 동기가 뭐냐 말이야! 얼른 계속해 보게!!

─ 발단은 나의 어머니에게 모욕을 줬기 때문이라네.

라울은 말했습니다. 그는 내 말은 듣고 있지 않는 것 같았습니다.

─ 어머니라…… 그게 충분한 동기가 될까?

(여기에서 D***는 그의 마지막 말에 웃음을 참지 못하는 사람들을 둘러보고는 말했다.)

다들 웃으시나요? 저도 여러분들처럼 웃었지요. '엄마 때문에 싸운다' 는 것은 정말이지 시시하고 낡은 주제니까요. 연극을 망치기에 딱 좋은 형편없는 얘기였어요. 나는 그의 얘기를 들으며 무대 위를 생각하고 있었지요! 관객들은 정말 배꼽을 잡고 웃을 일이었어요. 나는 라울의 경험 없는 무지함을 개탄했지요. 나는 그에게 관객의 호응을 받을 수 없는, 실패할 것이 뻔한 작품에 대한 충고를 막 하려던 참이었지요. 그런데 그때 그가 이렇게 말했어요.

— 아래층에 프로스페르가 와 있다네. 브르타뉴 친구지. 렌에서 나와 함께 온 프로스페르 비달이란 친구라네. 그가 지금 문앞의 마차 안에서 기다리고 있어. 파리에서 내가 아는 사람이라고는 자네뿐이라네. 그래서 말인데 혹시 내 결투의 참관인이 되어 줄 수 있겠나? 상대편 증인들은 한 시간 뒤에 우리 집에 올 거야. 그러니 승낙한다면 서둘러 주게. 에르클린까지 다섯 시간 기차를 타야 하니까 말이야.

그제야 저는 그의 말이 현실이라는 것을 깨달았습니다! 진짜 일어난 일이었습니다! 나는 망연자실하게 있었지요. 모든 것이 그와 악수를 하자마자 갑자기 일어난 일이었으니까요. 두려웠습니다! 나는 칼싸움을 좋아하는 사람이 아니었고, 막상 그런 일에 실제로 연루된다고 생각하니 마음은 더 오그라들었습니다.”

들고 있던 사람들은 모두 그의 말에 동조하며 큰 소리로 말했다.

“맞아요, 우리는 모두 그렇지요!……”

“나는 그에게 대답했습니다.

─ 당장 어떻게 된 일인지 말해 보게! 무슨 긴말이 필요 있겠나. 그런 건 관객들에게나 필요한 일이지. 나를 믿게. 내려가자구. 나도 함께하겠네."

여기에서 D***는 말을 멈추었다. 다시 기억을 더듬어 가는 그는 고통스러운 것 같았다.

"그러고는 옷을 챙겨 입으며 머릿속으로 어떤 구상을 떠올렸지요. 하지만 이야기를 뒤튼다거나 뭐 그런 구상은 물론 아니었지요. 연극에서라면 너무나 평범한 이 상황이 현실 속에서는 정말 숨 막히게 탄탄한 구성으로 느껴졌어요. 이제부터 일어날 일이 실제로 불쌍한 라울의 목숨이 달린 문제라고 생각하니, 《주네의 소작지》❖ 같은 그의 시시한 이야기에 대한 경멸도 모두 사라졌지요!

나는 즉시 내려갔습니다. 또 다른 증인인 프로스페르 비달 씨는 품행이 단정한 젊은 의사였지요. 약간은 실증주의자 같아 보이는 명석한 얼굴은 모리스 코스트❖❖를 연상시켰지요. 그 상황에서는 아주 알맞은 모습이었어요. 여러분들도 그런 생각이 드

....

❖ 프레드릭 술리에의 매우 오래된 멜로드라마.
❖❖ Maurice Coste(1890∼1931). 프랑스의 소설가, 수필가, 기자.

시지요?"

들고 있던 사람들은 심각한 표정으로 그렇다는 표시로 머리를 끄덕였다.

"서로 소개를 한 뒤 우리는 본 누벨 거리로 마차를 몰았습니다. 그곳 체육관 근처에 라울이 묵고 있는 호텔이 있었지요. 우리는 호텔 방으로 올라갔습니다. 그곳에는 벌써 두 명의 신사가 와 있었지요. 그들은 조금 구식이긴 하지만 위부터 아래까지 색 단추가 쭉 달린 옷을 입고 있었지요. 우린 서로 인사를 나누고 10분 후에 규칙을 정했지요. 피스톨 사용, 스물다섯 걸음 후 신호에 따라, 벨기에에서 다음 날 새벽 6시. 그러니까 우리 모두가 아는 규칙대로 말이에요."

그때 한 사람이 애써 웃으며 포크와 나이프를 휘둘러 대며 그의 말꼬리를 잡았다.

"좀 참신한 것을 생각해 낼 수도 있지 않을까?"

D***씨는 쓴웃음을 지으며 대답했다.

"이 고약한 친구야! 자네는 모든 일을 그렇게 오페라 안경을 쓰고 보는 모양이군. 하지만 자네도 그곳에 있었다면 나처럼 모든 것을 단순하게 처리할 수밖에 없었을 거야. 그건 연극 〈클레

망소 사건〉처럼 종이칼을 무기로 싸우는 문제가 아니었어. 실제의 삶에서는 모든 것이 달랐다네! 진짜 사건, 실제로 일어난 사건이었네! 그리고 30분 후에 무기가 든 가방을 가지고 에르클린으로 가는 기차를 타야 하는 상황은, 정말이지 장난이 아니었네. 심장이 뛰었지! 맹세코 정말 그랬다네! 연극에서보다 더 말일세."

　여기서 D***는 말을 멈추었다. 그러고는 단숨에 물 한 잔을 들이켰다. 그는 창백해 보였다.

　"계속해 봐요." 다른 사람들이 말했다. 쉰 목소리로 D***씨는 다음과 같이 말했다.

　"여행길, 국경, 세관, 호텔에서의 밤…… 등에 대한 이야기들은 생략하기로 하지요.

　생세베르에게 그때처럼 깊은 우정을 느껴 본 적은 없었습니다. 온갖 상념으로 지쳤음에도 불구하고 한숨도 못 잔 채 결국 날이 밝고 말았지요. 새벽 4시 반이었고 날씨는 아주 좋았어요. 이제 결전의 순간이 온 거지요. 나는 일어나 머리에 찬물을 끼얹었습니다. 대충 차려입고는, 라울의 방에 들어갔습니다. 그는 밤새 글을 쓴 것 같았습니다. 이런 장면들에 우린 너무나 익숙해 있지요. 나는 이것이 모두 진짜 현실이라는 것만 계속 되뇌었습니다. 그는 테이블 옆 소파에 몸을 묻고 잠들어 있었어요. 촛불은 여전히 타고 있었습니다. 내가 들어가면서 낸 소리에 잠이 깬 그는 괘종시계를 바라봤지요. 그런 행동들도 이미 너무나 잘 알고 있었습니다. 그런 행동이 주는 효과까지. 그는 모든 것을 주의 깊게 바라봤습니다. 그러고는 말했어요.

 — 고맙네, 친구. 프로스페르는 준비를 마쳤나?"

결투 장소까지 30분 정도 걸어가야 하기에, 프로스페르에게도 시간을 알려야 한다는 생각이 들었습니다. 얼마 후 우리 셋은 계단을 내려갔지요. 시계가 5시를 쳤을 때 우리는 에르클린의 대로에 있었습니다. 프로스페르는 총을 들고 있었고, 나는 겁을 먹고 있었어요. 하지만 부끄럽지는 않았습니다.

그들은 이런저런 집안일들을 이야기하고 있었지요. 마치 아무 일도 없는 것처럼. 검은 옷을 입은 라울의 평온하고 위엄 있는 모습은 너무도 멋졌지요. 자연스러운 카리스마가 넘쳤어요. 멋진 복장이 가져다주는 위엄이었지요…….

혹시 1830~1840년대에 루앙의 연극 무대에 섰던 배우 보카주를 보신 적이 있나요? 그곳에서 그는 광채가 났었고, 파리에서보다 더 아름다웠어요."

"설마!" 한 목소리가 반박하고 나섰다.

"지나친 표현입니다." 다른 두세 명도 거들었다.

"어쨌든 그때 라울은 보카주보다도 더 나를 사로잡았습니다."

D***는 계속 말을 이었다.

"우리는 상대편 사람들과 같은 시간에 도착했지요. 나는 불길한 예감이 들었어요. 장교 복장을 한 상대편 남자는 아주 차갑고 좋은 가문 사람 같아 보였지요. 랑드롤 쪽 사람 같았어요. 규칙 같은 것은 더 이상 이야기할 필요가 없었어요. 총이 장전되었습니다. 나는 걸음을 세기 시작했고, 얼이 빠진 것을 들키지 않기 위해 정신줄을 바짝 붙잡고 있어야 했지요. 전통적인 방식이 제일 좋은 방식이었어요. 나는 모든 가식적인 것을 억누르고 망설이지도 않았지요. 마침내 미리 정한 거리가 표시되었습니다. 나는 라울에게로 돌아갔지요. 나는 그를 끌어안고 손을 잡았습니다. 눈물이 흘렀습니다. 그런 장면에서 흘려야만 하는 눈물이 아니라, 진심에서 흐르는 눈물이었어요.

— 이봐 D***, 진정하게. 무엇 때문에 그러나?

이 말에 나는 그를 가만히 바라봤습니다. 생세베르는 너무나 멋졌습니다. 무대 위의 배우 같았고, 나는 경탄하지 않을 수 없었습니다. 그런 감동적인 냉정함은 무대 위에서나 볼 수 있는 거라고 생각했기 때문이지요. 두 결투자는 서로 마주 보고 각자 표시된 자리에 섰지요. 숨 막히는 긴장감이 감돌고 내 가슴은 떨리기 시작했어요! 프로스페르는 장전되어서 바로 쏠 수 있는 총을 라울에게 건넸고, 나는 두렵고 멍한 상태에서 고개를 돌려 도랑 쪽으로 발길을 돌렸습니다. 새들이 지저귀고 있었어요! 나무들 아래에는 꽃들이 피어 있었구요! 화가 캉봉도 그렇게 아름다운 아침을 그려 낼 수는 없었을 거예요! 얼마나 끔찍스러운 조화였는지!

— 하나……! 둘……! 셋……!

프로스페르는 소리쳤습니다. 정확한 간격을 두고 손뼉을 치며.

혼미한 상태의 나에겐 마치 무대 감독의 외침처럼 들렸습니다. 순간 동시에 두 개의 폭음이 들렸지요. 아! 하느님, 하느님!"

D***는 말을 멈추고 두 손으로 머리를 감쌌다.

"그래요, 그래! 괴로운 줄은 알겠지만…… 그다음엔 어떻게 됐나요?"

이야기를 듣던 사람들이 너무나 흥분해서 여기저기서 소리를 질러 댔다.

"그리고(마침내 D***는 입을 열었다) 라울은 한 바퀴 몸을 돌린 후 풀 위로 쓰러졌지요. 총알은 그의 심장을 관통했어요. 결국 그렇게 되고 만 거예요(여기서 D***는 자신의 가슴을 쳤다)! 나는 그에게 달려갔지요.

— 불쌍한 나의 어머니!

그가 중얼거렸습니다."

D***는 사람들을 둘러봤다. 이 바닥에서 닳고 닳은 사람들은 그가 영악하게도 연극 〈내 어머니의 십자가〉에서 나왔던 감동적인 미소를 흉내 내는 것은 아닌가 생각했다. 그가 마지막으로 한 '불쌍한 나의 어머니'라는 말은 마치 편지처럼 빠르게 이 사람 저 사람에게로 전달되었다. 그러나 그 말은 연극 대사가 아니라, 실제로 죽어 가는 사람의 입에서 나왔던 말이었다.

D***는 다시 말을 시작했다.

"이게 다입니다. 그는 입으로 피를 쏟았지요. 나는 반대편 사람을 바라봤어요. 그는 어깨에 상처를 입었고, 사람들이 그를 돌보고 있었지요. 몇 분 후, 나는 행복했던 어린 시절을 떠올렸습니다. 즐거운 웃음소리, 소풍, 방학, 공놀이……!"

모든 사람들이 머리를 숙였다. 공감의 표시였다.

D***는 몸을 일으키고는 손을 이마에 갖다 댔다. 그러고는 아주 특별한 목소리로 허공을 응시하며 말했다.

"그것은…… 정말 꿈같았어요. 마침내 나는 그를 바라봤지요. 그는 더 이상 나를 바라보지 않았습니다. 숨을 거두었으니까요. 너무도 조용히, 너무나 위엄 있게! 원망 한마디 없었습니다. 그저 담담하게 죽음을 받아들인 거죠. 나는 완전한 감동에 사로잡혔습니다. 두 줄기의 굵은 눈물이 뺨을 타고 흘러내렸지요! 가슴 깊은 곳에서 우러나는 진정한 눈물이었습니다! 네, 그래요.

진짜 눈물이었지요……. 명배우 프레데릭이 그것을 볼 수 있었더라면! 아마도 그는 그 모든 것을 이해했을 거예요. 그라면 말이지요! 나는 내 가여운 친구 라울에게 떠듬떠듬 마지막 작별 인사를 했습니다. 그러고는 그를 땅 위에 눕혔지요.

그는 어떤 가장한 연기도 없이 어떤 거짓된 포즈도 취하지 않은 채 거기 그렇게 있었지요! 옷에는 피가 흘렀습니다! 소매 끝이 붉게 물들었어요! 이마는 벌써 창백해지기 시작했습니다! 두 눈은 감겨져 있었지요. 내 머릿속에는 오직 '그가 빛나도록 아름답다'는 생각만 끊임없이 맴돌았습니다. 그래요, 여러분. 그는 너무나 찬란했습니다! 말 그대로 그랬지요! 그런데, 마치 그가 다시 살아난 듯 보였어요! 그러자 그에 대한 감탄도 사라지고, 정신도 혼미해지기 시작했습니다! 뭐가 뭔지 모르게 모든 것이 혼란스러웠습니다! 나는 박수를 치기 시작했지요! 나는…… 그를 무대 밖으로 다시 불러내고 싶었습니다……."

절규하던 D***는 갑자기 말을 멈추더니, 매우 편안한 목소리로 슬프게 웃으며 덧붙였다.

"그래요! 나는 그를 다시 불러내고 싶었습니다……. 삶 속으로 말이지요."

모두가 이 말에 동조하듯 웅얼거렸다.

"프로스페르는 나를 잡아끌었습니다."

D***는 몸을 일으키며 정면을 뚫어져라 응시했다. 고통이 그의 마음을 꿰뚫는 것 같았다. 다시 의자에 몸을 던지며 그는 말했다.

"결국……" 그는 낮은 소리로 말했다. "우린 모두 죽습니다!"

그러고는 그는 럼주 한 잔을 마치 고배의 잔처럼 들이켜고는, 잔을 테이블 위에 소리 내어 내려놓으며 한편으로 치워 버렸다.

모든 사람들은 그의 이야기에 사로잡혔다. 그것은 이야기의 내용이 인상적이기 때문이기도 했지만, 그의 생생한 이야기 솜씨 때문이기도 했다. 그가 마침내 입을 다물었을 때 박수가 터져 나왔다. 나도 그의 친구들의 박수에 나의 진정한 박수를 보태야만 할 것 같았다.

모든 사람들은 깊은 감동에 젖어 있었다. 정말로 깊은 감동의 물결이었다.

'정말 그의 명성에 걸맞은 성공이군!' 나는 생각했다.

"D***는 정말 대단한 사람이야!"라는 소리가 귀에서 귀로 전해졌다.

모두가 그에게로 가서 감격에 겨워 그의 손을 잡았다.

나는 그곳을 나왔다.

며칠이 지난 후, 나는 글을 쓰는 한 친구를 만났다. 그리고 그에게 들은 이야기를 그대로 전해 주었다.

말을 마치자 그 친구는 말했다.

"대단하네요! 당신 생각은 어때요?"

나는 조금 사이를 두고 대답했다.

"정말 소설 같은 이야기지요!"

"그럼 소설로 한번 써보세요!"

나는 그를 빤히 쳐다봤다. 그러고는 말했다.

"그래요, 이제는 쓸 수 있을 것 같군요. 이야말로 진짜 완벽한 이야기지요."

지난 파티에서 만난 사람

낯선 자는 맹수를 감추고 있는 법이다.

— 프랑수아 아라고

차가운 돌로 된 기사 한 사람이 어느 날 우리와 저녁을 먹으러 올 수도 있다. 그는 우리에게 손을 내밀지도 모른다! 그러면 우리는 그 손을 잡을 테지……. 하지만 차가움을 느끼는 쪽은 오히려 그일 것이다.

186*년 어느 카니발 저녁, 내 친구 C***와 나는 정말로 우연히 '너무나도 아무 이유 없이 지독하게' 지루해져서 오페라 무도회장의 한 박스 석에 앉아 있었다. 우리는 뿌연 먼지 사이로 요란스럽게 빛나는 마스크들이 이루어 내는 모자이크를 보며 감탄하고 있었다. 마스크들은 슈트라우스의 아치 아래에서 북적대고 있었다.

그때 갑자기 문이 열렸다. 세 명의 여자들이, 살랑거리는 실크 옷을 입고 무거운 의자들 사이로 걸어 들어와 마스크를 벗고 우리에게 말했다.

"안녕하세요!"

그들은 눈부시게 아름답고 매력적이었다. 파리의 예술계에서나 만날 수 있는 그런 여자들이었다. 그들의 이름은 클리오 라 상드레, 앙토니 샹티, 그리고 안나 잭슨이었다. C***는 그들에게 앉으라고 권유하며 말했다.

"개인 수업이라도 받으러 오셨나요, 아가씨들?"

"아! 우리끼리 저녁을 먹으러 갈까 하구요. 오늘 밤 이곳 사람들은 지루하다 못해 끔찍스러울 정도로 우리의 상상력을 슬프게 하네요." 클리오 라 상드레가 말했다.

"우린 막 나가려던 참이었는데 마침 댁들이 보이더군요!" 앙토니 샹티가 말했다.

"뭐 다른 재미있는 일이 없으면 우리와 함께 가시죠." 안나 잭슨이 말을 끝내자는 듯 말했다.

"기쁨과 광명의 말씀입니다! 좋고말고요!" 조용히 C***가 응수하며 말했다.

"메종 도레 식당은 어떠세요?"

"물론 좋아요!" 너무나 아름다운 안나 잭슨이 부채를 펼치며 말했다.

"그러면, 여보게 친구." C***는 내게 몸을 돌리며 말했다. "자네 명함을 가지고 붉은 거실로 다시 돌아가 잭슨 양을 따라다니는 분께 드리도록 하게. 이렇게 하는 것이 아마도 당신들 나라 예절이 아닌가요?"

그러자 잭슨 양이 내게 말했다. "저기 불사조인지 파리인지 같은 옷을 입고 휴게실에 있는 사람 있죠? 바티스트나 라피에르라고 부르면 대답할 거예요. 수고를 좀 해주시겠어요? 그리고 얼른 돌아와서 우리끼리 나가자고요."

그런데 잠시 전부터 나는 아무 소리도 듣지 않고, 우리 건너편 박스 석에 있는 어떤 사람을 바라보고 있었다. 서른다섯이나 서른여섯쯤 되어 보이는 남자는 동양적인 창백함을 지니고 있었다. 그는 작은 오페라 안경을 들고 내게 인사를 건넸다.

"아! 저 사람은 비스바덴의 그 사람이군!" 나는 잠시 그를 살핀 후 중얼거렸다.

그 사람은 내가 독일로 여행을 갔을 때, 여행자들끼리 베풀기 마련인 작은 호의를 베푼 사람이었다(그것은 바로 시가였다. 그는 대화실에서 그것의 효용에 대해 설명해 주기도 했었다). 나는 그에게 인사를 건넸다.

잠시 후에, 휴게실에서 불사조 옷을 입은 사람을 찾고 있는데 그 외국인이 다가왔다. 그가 너무나 친근하게 다가왔기 때문에 나는 그에게 도움의 손길을 건네고 싶었다. 물론 그가 이 난리법

석인 장소에서 외로움을 느끼고 있다면 말이다.

그가 내 제안을 받아들이자 그에게 말했다. "제게 이런 영광스러운 기회를 주시는 당신의 성함은 무엇인가요?"

"본 H*** 남작입니다. 하지만, 이렇게 아름다운 카니발의 밤에 이토록 어려운 이국 발음을 해야 할 숙녀분들의 수고를 덜기 위해 한 시간 동안만 다른 이름을 사용하도록 하지요. 사투르누스❖ 남작이라고 불러 주세요." 이방인은 말했다.

이런 이상한 행동이 조금은 놀라웠다. 하지만 흔히들 하는 행동이었기에 나는 곧이곧대로 그 이름을 우아한 아가씨들에게 전해 주었다. 그가 스스로를 낮추는 그 신화 속 이름으로 말이다.

이름을 명명하는 그의 상상력으로 그의 취향을 짐작할 수 있었다. 사람들은 그를 마치 이름을 숨기고 여행 중인 《천일야화》속의 왕쯤으로 생각할 수도 있었다. 클리오 라 상드레는 두 손을 모으고 쥐드라는 이름을 중얼거리기까지 했다. 그는 아직 잡히지 않은 유명한 살인자로 전무후무한 독특하고 잔인한 방식으로 여러 번의 살인을 저지른 범죄자였다.

우리는 예의상 하는 몇 마디를 주고받았다.

"서로 짝도 맞출 겸, 남작님께서 우리와 저녁을 함께해 주시겠어요?" 늘 한발 앞서는 안나 잭슨이 참을 수 없다는 듯 하품을

❖ 농경과 계절의 신.

두 번이나 하며 말을 뱉었다.

그는 몸을 사리는 것 같았다.

"마치 돈 후안이 기사의 동상에게 하듯 당신에게 말하는군요." 나는 농담처럼 말했다. "스코틀랜드 사람들은 위엄을 잃지 않는다니까요!"

"사투르누스 씨에게 우리와 함께 시간을 죽이러 가자고 말했어야 하지." C***는 '늘 하던 방식대로' 그를 초대하고 싶다는 듯 냉랭하게 말했다.

"승낙할 수 없어서 정말 죄송하군요!" 그가 말했다. "아침 일찍 정말 금전적으로 중요한 일이 있답니다."

"우스운 결투 시합이라도 있으신가요? 아니면 새 베르무트 술이라도 들어오나요?" 클리오 상드레가 뽀로통해서 물었다.

"그렇게 관심을 가져 주시니 더 설명을 드리자면…… 어떤 사람과의 약속이지요." 남작은 말했다.

"그런 말은 오페라 극장 복도에서나 하는 말이지요!" 아름다운 안나 잭슨이 소리쳤다. "당신의 재단사는 경기병복 하나에 자만해서 당신을 예술가나 선동가로 생각할지 모르지만, 여기서 그런 말은 작은 천 조각만큼도 무게가 없답니다. 당신은 정말 이방인이시군요."

"어딜 가나 제가 그렇다는 것을 저도 잘 알고 있습니다, 부인." 사투르누스 남작은 몸을 굽히며 대답했다.

"자, 가시지요. 정말 싫으신가요?"

"정말 이런 경우는 드물어서……." 너무나 품위 있지만 어딘가 알 수 없는 분위기의 낯선 이방인이 중얼거렸다.

C***와 나는 시선을 주고받았다. 우리는 더 이상 참을 수 없었다. 이 사람은 대체 무슨 소리를 하려는 거지? 하지만 이런 생소한 기분이 재밌기도 했다. 그리고 아이들은 가질 수 없는 것에 더 집착하는 법이다. 앙토니는 계속 우겼다.

"새벽까지만 함께 있어요. 내가 팔을 잡아 드릴게요!"

결국 그는 포기했고 우리는 함께 방을 나왔다.

마지막 영광의 꽃다발을 위해서라면 되지 않는 소리를 지껄이는 것도 그리 나쁘지 않다는 생각이 들었다. 우리는 잘 알지도 못하는 사람과 벌써 꽤나 친밀해져 있었다. 그에 대해 아는 거라고는 그가 비스바덴의 카지노에서 놀았다는 것, 또 아바나산 시가 맛을 여러 개 알고 있다는 것뿐인데도.

아! 무슨 상관인가! 오늘은 세상 사람들과 되는 대로 악수를 남발하는 날 아닌가?

큰길로 나가자 클리오 라 상드레는 약삭빠르게 마차로 뛰어들어 기다리고 있는 식민지 출신 하인에게 "메종 도레로 가요!"라고 말했다.

그리고 나에게 몸을 기대며 말했다. "당신의 친구가 어떤 사람인지 모르겠어요. 누구지요? 계속 관심을 끄는군요. 시선도 정말 이상해요!"

"친구라구요?" 내가 대답했다. "두 번 보았을 뿐이에요. 작년에 독일에서."

그녀는 정말 놀란 것 같았다.

"왜 그래요? 우리에게 인사하러 온 것뿐인 그 사람을 초대한 건 바로 당신이잖아요. 가면무도회에서 방금 만난 사람에게 당신이 저녁을 제의한 거라고요! 정말로 신중하지 못한 행동이었지만 다시 되돌리기에는 늦었어요. 내일, 초대한 사람이 교제를 계속하기에 적당하지 않다고 생각되면 인사하고 헤어지세요. 저녁 한 번이 뭐 대수겠어요. 또 어떤 일이 생길지 상상하는 것도 재밌잖아요."

"세상에…… 당신도 그와 잘 아는 사이가 아니라니…… 만약 그가 어떤……."

"내가 그의 이름이 사투르누스 남작이라고 말하지 않았나요? 혹 당신이 그의 명예라도 손상시킬까 걱정이 되나요?" 나는 좀 엄중한 태도로 말했다.

"정말 당신은 못 말리는 사람이에요. 당신도 그런 사실을 알고 있죠!"

"그는 그리스 사람 같지는 않으니 그리 심각한 일이 벌어지지는 않을 거예요. 혹시 재미있는 백만장자라면! 그거야말로 정말 최고겠는데요?"

"사투르누스라는 사람, 괜찮은 것 같아." C***가 말했다.

"더구나 이런 카니발 때 부자를 만났다면 그것으로 그만이지 않나요?" 아름다운 안나 잭슨이 조용히 결론지었다.

말들이 출발했다. 그 낯선 사람의 호화로운 사륜마차가 우리를 따랐다. 앙토니 샹티('이죄'라는 아주 멋스러운 전쟁 시절의 이름으로 더 잘 알려진)가 멋도 모르고 동행하고 있었다. 식당의 붉은 거실에 자리를 잡자 우리는 조제프에게 생명이 있는 것은 그 어떤 것도 절대 들이지 말라고 명령했다. 우리의 환상적인 레제글리소트 의사 양반만 예외하고는. 만약 그가 우연히 자신이 좋아하는 가재 요리를 먹으러 오늘 밤 이 식당에 들르게 된다면 말이다.

벽난로에서는 장작이 뜨겁게 타오르고 있었다. 공기 중에는 옅은 옷감 냄새와 벗은 모피 냄새와 겨울꽃 냄새가 뒤섞여 있었다. 콘솔 위에 있는 큰 촛대의 촛불은 포도주가 엉겨 붙어 있는 은식기를 감싸 안고 있었다. 줄기 끝까지 풍성하게 달려 있는 동백꽃들은 크리스털 테이블 위까지 늘어져 있었다.

밖에는 섬세하고 가는 비가 간간히 눈에 섞여 내리고 있었다. 얼음처럼 차가운 밤이었다. 차들의 소음과 오페라 극장의 소음에 어우러진 풍경은, 가바르니와 데베리아와 구스타브 도레♦의 그림 같았다. 소음을 차단하기 위해 닫힌 창문 앞에는 두꺼운 커

틈이 드리워져 있었다.

함께 둘러앉은 사람들은 삭슨 본 H*** 남작과 C***와 나, 그리고 안나 잭슨과 라 상드레와 앙토니였다. 저녁을 먹는 동안 점점 더 번뜩이는 재치를 드러내는 그 남작을 나는 관찰하기 시작했다. 그것은 나의 고질병이었다. 그리고 얼마 지나지 않아 내 앞에 있는 사람이 매우 흥미로운 사람이라는 것을 알게 되었다.

그 낯선 사람은 정신 나간 사람처럼 보이지는 않았다. 그의 행색과 태도는 의심할 바 없이 특별한 위엄을 갖추고 있었다. 사람들을 너그럽게 만드는 그런 위엄 말이다. 그의 발음도 다른 외국인들처럼 못 들어 줄 정도는 아니었다. 단지 가끔 창백하다 못해 푸른색을 띨 정도로 낯빛이 변하곤 했다. 입술은 송곳처럼 얇았다. 눈썹은 웃을 때조차 늘 찡그리고 있었다.

글쟁이들이 늘 그렇듯 무의식적으로 관찰을 계속하며 나는 그를 너무 경솔하게 우리에게 합류시킨 것을 후회하기 시작했다. 그리고 다짐했다. 새벽이 되면 C***와 나의 모임 명단에서 그를 지우리라고. 오늘처럼 운 좋게 여자들과 함께하는 시간은 밤이 지나면 꿈처럼 사라질 것이다.

곧 손님은 아주 이상한 이야기로 우리의 주의를 사로잡았다.

....

❖ 19세기의 유명한 화가 겸 삽화가들.

그 내용은 그리 흥미롭지 않았지만, 그의 목소리에 무의식적으로 스며들어 있는 어떤 분위기가 긴장의 끈을 늦추지 못하게 했다.

두세 번 그의 말은 C***와 나를 소름 끼치게 했다. 그가 자신의 말을 강조하는 방식 때문이기도 했고, 그 말이 우리에게 주는 막연한 이면의 느낌 때문이기도 했다.

나는 클리오 라 상드레의 농담에 웃음을 터뜨리다가 − 그것은 정말 재미있는 농담이었다 − 문득 그를 비스바덴이 아닌 다른 곳에서도 마주친 것 같다는 느낌이 들었다.

그의 얼굴은 잊기 힘든 두드러진 윤곽을 가지고 있었다. 또한 그의 안광은, 눈을 깜빡일 때마다 어떤 내면의 불꽃을 뿜어내는 것 같았다.

대체 어디에서였을까? 나는 기억하기 위해 무진 애를 쓰고 있었다. 내 안에서 깨어나는 혼돈스러운 생각들을 설명해 보고 싶을 정도로.

그 생각들은 일종의 환상과 같았다. 대체 그 일들은 어디서 일어난 걸까? 살인과 깊은 적막과 안개와 당황한 얼굴들과 횃불과 피가 뒤얽혀 있는 장면, 그런 장면들이 강하고 희미하게 반복됐다. 이 사람을 보면서 갑자기 왜 그런 기억이 의식 위로 떠오르는 것일까? 왜 그것을 밝혀내지 못해 괴로운 걸까?

"아, 그래!" 나는 낮은 소리로 내뱉었다. 오늘 저녁 너무 취해서일까? 나는 샴페인 한 잔을 들이켰다.

신경조직이 신비한 떨림으로 가득 찼다. 너무 많은 메아리들로 인해 애초에 그것들을 불러일으킨 최초의 생각이 멀어지는 것 같았다. 기억은 사건의 주변은 드러내 주었지만 사건 자체는 희석시키는 것 같았다. 마치 친숙한 얼굴의 이름도 갑작스럽게 멍해져서 기억하지 못할 때처럼. 하지만 이 낯선 사람의 높은 품위, 정제된 농담, 이상한 위엄 ─ 천성적인 어두움을 감추기 위한 위장임에 분명한 ─ 은, 내 느낌이 환상에 불과하다고, 밤의 열기로 인한 환각이라고 생각되게 했다.

그래서 나는 다시 파티를 위해 즐거운 얼굴을 하기로 결정했다. 그것은 나의 의무이며 나의 즐거움이기도 했다. 젊음의 흥분에 도취된 사람들은 테이블에서 일어났다. 시끌벅적한 웃음 속에 가볍게 두드리는 피아노의 장난스러운 선율이 간간이 섞였다. 나는 모든 선입견들을 잊었다. 곧 가벼운 고백과 무의미한 입맞춤 ─ 그것은 아무 생각 없는 미녀들의 손 위에서 부서지는 꽃잎과도 같은 것이었다 ─ 그리고 미소와 다이아몬드의 반짝임이 있었다. 깊고 마력적인 거울은 조용히 무한 속으로 푸르스름한 긴 행렬 같은 빛과 제스처들을 비췄다.

C***와 나는 이야기를 하며 몽롱함 속에 우리를 던져 버렸다. 사물들은 그것에 접근하는 사람이 가지고 있는 최면술에 의해 변형된다. 모든 사물들은 그것을 보는 사람들이 지니고 있는 의미만을 가질 뿐이다. 그러니까 거친 금장식과 육중한 가구들과 판에

박힌 크리스털 같은 요즘 물건들은, 나의 서정적인 친구 C***와 나의 시선에 의해 비로소 그 가치가 주어질 수 있었다.

우리에게 큰 촛대는 당연히 정제되지 않은 거친 금으로 만들어져야만 했다. 또 거기에 조각된 장식에는 분명코 타고난 세공업자인 거장 캉즈뱅의 서명이 있어야만 했다. 마찬가지로 가구들은 루이 13세 시절 종교 탄압으로 미쳐 버린 한 루터주의자의 장인이 만든 것이어야만 했다. 아마존 팡테실레 여왕처럼 미친 사랑을 하다가 명예가 실추된 프라하의 유리 세공업자가 만든 크리스털 제품을 써야 했다. 다마스의 천들은 고대의 자줏빛을 띠고 있어야만 했다. 헤르쿨라네움❖의 아클레피오스❖❖ 신전이나 팔라스 신전의 성물 상자에서 다시 찾은 천의 색깔처럼 말이다. 그 천의 특별한 투박함은 그 땅의 용암과 침식 작용 때문으로, 세계에서 유일했다.

우리는 천을 보면 늘 그것이 어디에서 온 것인지를 물었다. 호수 근처에서 온 거친 천에게는 당연히 경의를 표하였고, 적어도 거기에 놓인 수가 아카드나 이집트 동부의 것이라면 그것도 그리 절망스러운 것은 아니었다. 어쩌면 지우수드라❖❖❖를 겹겹

❖ 이탈리아의 베수비오 산기슭에 있었던 고대 도시.
❖❖ 의술의 신.
❖❖❖ 고대 메소포타미아 홍수 신화의 영웅으로, 성경에 나오는 노아에 해당되는 인물이다.

이 쌌던 수의를 희게 물들이고 작게 잘라 만든 식탁보일 수도 있기 때문이었다. 오랜 관찰 끝에 물건에 님로드 치하에서 쓰였던 설형문자 같은 것이 보이면 그것으로 만족하기도 했다. 오페르트 씨가 최근에 그것을 발견하고 놀라움과 기쁨을 즐겼던 것처럼.

어둠이 그림자를 드리우자 분위기는 더욱 묘해졌고 사물들은 더욱 희미해져 갔다. 투명한 커피 잔 속에서는 김이 오르고 있었다. C***는 달콤한 아바나 시가를 피우며 흰 연기에 싸여 있었다. 마치 구름 속의 반신처럼. H*** 남작은 눈을 반쯤 감은 채 아주 편한 자세로 소파에 길게 누워 있었다. 카펫 위로 축 처진 창백한 손에는 샴페인 잔이 들려 있었다. 그는 안나 잭슨이 다채로운 감정으로 애절하게 부르는 감미로운 녹턴의 이중창을 주의 깊게 듣는 듯했다(바그너의 〈트리스탄과 이졸데〉에 나오는). 앙토니와 클리오 라 상드레는 서로 부둥켜안고 감상에 젖어 조용히 이 재능 있는 가수의 음률에 취해 침묵하고 있었다.

나는 거의 최면에 걸린 듯 음악에 취해 피아노 곁에서 그 노래를 듣고 있었다. 변덕스러운 우리의 하얀 여인들은 오늘 밤 모두 비로드 옷을 입고 있었다. 감동적인 보라색 눈동자의 앙토니는 레이스 하나 없는 검은 옷을 입고 있었다. 접힌 단도 없는 그 비로드 드레스 위로 대리석처럼 하얀 어깨와 목이 뚜렷이 드러나 있었다. 작은 손가락에 가는 금반지를 끼고 있었고, 두 개로 땋아 늘어뜨린 밤색의 머리칼 위에는 세 개의 푸른 사파이어가 빛나고 있었다.

앙토니는 어떤 진중한 사람이 "당신은 정직한가요?"라고 묻자 "네, 프랑스에서 정직하다는 것이 예의 바르다는 말과 동의어라면 말이지요"라고 대답했다고 한다.

클리오 라 상드레는 신기하게도 검은 눈동자에 금발이었다. 러시아의 솔트 왕자가 로드레 무스를 부으며 세례를 하자 마법에서 깨어났다는 처녀처럼. 그녀는 틀이 잡힌 초록 비로드 옷을 입고 있었고, 루비의 강이 가슴을 덮고 있었다. 사람들은 스물다섯 살의 이 식민지 태생 여인을 악덕의 전형으로 여기고 있었다. 그녀는 그리스의 가장 위엄 있는 철학자나 독일의 가장 심오한 형이상학자도 취하게 할 수 있을 여자였다. 수많은 댄디들이 그녀에게 사로잡혀 결투를 하고 편지를 쓰고 바이올렛 꽃다발을 바쳤다.

그녀는 바드에서 돌아왔는데 카지노에서 4, 5천 루이를 잃고도 아이처럼 천진하게 웃었다고 한다. 어떤 나이 든 게르마니아 여자가 그 광경을 보고 기분이 상해 그녀에게 이렇게 말했다고 한다. "아가씨, 조심해요. 때로는 약간의 빵을 먹어야 할 때도 있답니다. 당신은 그 사실을 잊은 모양이군요." 그러자 아름다운 클리오는 얼굴을 붉히며 이렇게 대답했다고 한다. "부인, 충고에 감사합니다. 대신에 저는 이런 충고를 드리지요. 어떤 여자들은 빵을 먹어야 한다는 것은 그저 하나의 고정관념이라고 생각한답니다."

스코틀랜드의 바늘꽃이라 불리는 안나 잭슨은 칠흑보다 더 검은 머리카락에, 신랄한 말투에, 쏘아보는 듯한 눈매를 하고 붉은 비로드 드레스 속에서 반짝였다. 이방인들이여, 그녀는 절대로 만나서는 안 되는 여자다!

사람들은 그녀를 움직이는 모래라고 말했다. 남자들의 머릿속 신경줄을 함몰시키는 그녀는 남자를 광적인 발작에 시달려 끝장이 나게 한다. 그녀는 장례식과 마찬가지다. 한 송이 백합과도 같은 그녀의 아름다움은 사람들을 미칠 때까지 흥분시켰다. 그녀의 이름조차 옛 히브리어로 백합을 의미했다.

당신이 아무리 교양 있는 사람이라고 해도(아직 여자 경험도 없는 말랑말랑한 나이라면) 만약 당신의 나쁜 별이 당신을 안나 잭슨과 만나게 한다면 당신은 20년 동안 계란과 우유만 먹다가 갑자기 준비도 없이 엄청난 음식들을 먹는 경험에 처할 것이다. 그것도 끊임없이 계속! 너무나 자극적인 양념으로 조미된 음식들은 미각에 충격을 주어 결국 쓰러져 미쳐 버릴 것이다. 이 영악한 악녀는 때때로 몸을 가누지 못하는 늙은 귀족들의 절망적인 눈물을 보고 즐기기도 한다. 그녀를 유혹할 수 있는 것은 오직 쾌락뿐이기 때문이다. 그녀의 꿈은 클리드 강가에 있는 백만 파운드짜리 별장에 한 미소년과 같이 칩거하는 것이다. 그녀는 그곳에서 나른하게 즐길 것이다. 죽을 때까지.

한번은 조각가 C—B***가 그녀의 눈 옆에 있는 앙증맞은 검은 점에 대해 빈정거리듯 말했다. "당신을 조각한 이름 없는 창조주께서는 이것만은 남겨 두신 모양이군요."

안나는 대답했다. "그 작은 보석을 얕보지 마세요. 그것이 모두를 유혹에 빠뜨리니까요." 마치 표범처럼 표독스러운 한마디였다.

이 야행성의 세 여자들은 푸른색, 붉은색, 검은색의 비로드로 된 늑대를 허리에 차고 있었다. 이중의 금속 리본과 함께. 나도 마스크를 하나 쓰고 있었지만 그것은 그저 수수한 정도의 것이었다.

우리는 가운데 특별 지정석에 앉아 그녀들이 만들어 내는 한 편의 드라마를 보고 있었다. 하지만 재미도 없었고 그저 예의상 참아 줄 정도였다. 그래도 그녀들을 위해 내가 봄의 기사처럼 즐겁게 단추 구멍에 꽃을 꽂는 것을 방해할 정도는 아니었다.

그러는 동안 안나는 피아노를 떠났다. 나는 테이블 위의 꽃다발을 주워 모아 싱글거리며 그녀에게 가지고 갔다.

"당신은 진정한 디바이십니다!" 나는 그녀에게 말했다. "당신의 이름 모를 애인들의 사랑을 위해 이 꽃들 중 하나를 가져가세요." 그녀는 수국 가지 하나를 뽑아 애교스러운 자태로 자신의 블라우스에 꽂았다.

"나는 익명의 편지는 읽지 않는답니다!" 그녀는 나의 '셀람' ❖

을 피아노에 놓으며 말했다.

눈부시게 아름다운 이 속물 여자는 우리들 중 한 명의 어깨 위에 두 손을 모아 놓았다. 자신의 자리로 돌아가기 위해서였을 것이다.

"아! 냉정한 안나." C***가 웃으며 말했다. "당신은 흰 눈조차 불타오른다는 것을 이 세상에 상기시키러 왔군요."

그것은 너무 촌스럽게 기교를 부린 칭찬이었다. 아마도 저녁 식사가 끝나 갈 무렵이기 때문이기도 했겠지만 정말 의미를 가지고 한 말이라면 격에 맞지 않았다. 모든 것이 정말 바보 같았다. 하지만 아주 미묘한 차이일 뿐이다. 그런 애절한 소리에 나는 뇌신경이 다 타버릴 것만 같았고 뭔가를 해야만 할 것 같았다.

나는 불꽃을 살리기 위한 작은 불씨라도 찾듯 우리의 말없는 손님으로부터 말을 끌어내 보기로 결심했다.

그때 조제프가 얼음을 넣은 (정말 이상한!) 펀치를 들고 들어왔다. 우리는 모두 취하기로 작정하고 있었다.

1분 전부터 나는 사투르누스 남작을 보고 있었다. 그는 안절부절 불안한 기색이었다. 그가 시계를 꺼내 보더니 다이아몬드 하나를 앙토니에게 주고는 막 일어서려 했다. 나는 의자 위에 있는 시가 두 뭉치 사이에 걸터앉아 소리쳤다.

··

❖ 아랍 사람들이 여러 용도로 사용하는 꽃다발.

"먼 곳에서 오신 나으리, 한 시간 전에는 우리를 떠나지 않겠다고 하셨잖아요? 신비한 사람으로 남고 싶으신가 보지요? 그것은 정말 악취미란 걸 모르지는 않으시겠죠!"

"정말 죄송합니다." 그는 대답했다. "하지만 미룰 수 없는 일이 있어서요. 더 이상은 지체할 수 없는 일이지요. 잠시 동안이었지만 즐거운 시간을 보낸 것에 심심한 감사를 드립니다."

"무슨 결투라도 있으신 건가요?" 앙토니가 걱정스러운 듯 물었다.

"그래요?" 정말 어떤 가면을 쓴 결투라도 있는 것 같다는 생각이 들어 내가 소리쳤다. "그 일을 너무 과대평가하지 마세요. 당신의 상대도 분명 어느 테이블 아래 널브러져 있을 거예요. 제롬❖의 그림 속 인물처럼 승리자가 되려고 하기 전에, 상대가 당신을 기다리는지 종업원을 약속 장소에 먼저 보내 보시지요. 정말 기다리고 있다면 당신의 멋진 명마들이 당신을 시간에 맞춰 데려갈 테니까!"

C***가 조용히 몸을 기대며 말했다. "그러지 말고 차라리 당신에게 목을 매고 있는 아름다운 안나에게나 공을 들이세요. 럼주 한 잔은 아낄 수 있을 겁니다. 1, 2백만 정도면 그녀는 큰 위로를 받을 겁니다. 생각해 보고 결정해요."

....

❖ Jean Léon Gérôme(1824~1904). 프랑스의 화가.

그때 사투르누스 남작이 말했다. "여러분, 저는 하느님이 허락하는 것보다 더 자주 눈이 멀고 귀가 먹는 사람이란 고백을 해야겠습니다." 그의 너무나 터무니없는 말에 우리의 억측은 상상을 더해 갔다. 내가 생각했던 그 불씨에 대한 생각을 잊어버릴 정도였다! 우리는 어색한 미소를 지으며 서로를 바라봤다. 이 '농담'을 대체 어떻게 해석해야 할지 몰라서. 그리고 갑자기 나는 소리를 지를 뻔했다. 그를 어디서 처음 보았는지 생각났던 것이다!

그 낯선 손님에게서 나오는 불그스름한 빛과 밤의 음울한 빛을 받은 크리스털들과 그릇들과 식탁보들이 마치 무대의 한 장면처럼 보였다. 나는 침묵 속에 잠시 손을 이마에 얹었다. 그리고 그 손님에게 다가가 귀에 속삭였다.

"제 실수인지 모르겠지만…… 전에 당신을 만나는 '즐거움'을 맛본 적이 있는 것 같습니다. 5, 6년 전, 미디 지방의 어느 큰 도시에서요. 제 생각에 리옹 같기도 하고요. 새벽 4시쯤 어떤 광장에서였지요."

사투르누스 씨는 천천히 머리를 들고 나를 빤히 쳐다봤다. "아! 아마 그럴 수도 있지요."

"그렇지요!" 나도 그를 뚫어져라 바라보며 말했다. "그런데, 그 광장에는 아주 우울한 물건이 하나 있었고 나는 내 친구 두 명에게 이끌려 그곳을 구경하게 되었지요. 그리고 그런 광경은 다시 볼 수 없었습니다."

"그렇군요!" 사투르누스 씨는 말했다. "그런데 실례지만 그 물건이란 무엇인가요?"

"그러니까 단두대 같은 거였지요, 기요틴 말이에요! 그래요 이제 확실히 기억나네요!" 낯선 손님과 나는 아주 낮은 소리로 말을 주고받기 시작했다. C***와 여자들은 우리로부터 조금 떨어져 피아노 옆에서 이야기를 나누고 있었다.

"그래요, 바로 그거예요!" 나는 목소리를 높이며 말했다. "당신은 어떤가요? 기억이 나시면 좋겠군요. 당신은 매우 빠르게 제 앞을 지나가긴 했지만, 속도를 늦춘 마차 속에 있는 당신을 희미한 횃불 속에서 볼 수 있었지요. 그때의 분위기가 당신의 인상을 내 뇌리 속에 박아 놓았어요. 지금 당신에게서 보는 특별한 인상 그대로."

"아! 아!" 사투르누스 씨는 대답했다. "맞아요! 정말 기가 막히게 정확한 기억이군요!"

그 남자의 날카로운 웃음은 머리를 자르는 가윗날 같았다.

"가장 충격적인 것은……" 나는 계속 말했다. "당신이 그 기계가 세워진 곳으로 갔다는 거지요……. 혹시 제가 착각하는 것은 아니겠지요?"

"착각이 아닙니다, 바로 저였어요." 그가 대답했다.

이 말에, 나는 얼어붙었다. 이상한 사형 집행인 앞에서 어떤 태도를 취해야 할지 몰랐다. 하지만 나는 우리 둘을 감싸고 있는 심각한 분위기를 무마하기 위해 애써 태연한 척했다. 그때 아름다운 앙토니가 피아노에서 돌아서며 심드렁하게 내뱉었다.

"참 여러분, 오늘 새벽 사형 집행이 있는 것 아시나요?"

"아!" 이 말에 이상하게 마음이 떨린 나는 소리쳤다.

"그 불쌍한 P*** 의사랍니다." 앙토니가 슬프게 말했다. "전에 진료를 받은 적도 있었지요. 나는 그가 재판관들 앞에서 변명을 늘어놓은 것 말고는 잘못이 없다고 생각해요. 운명이 이미 정해져 있을 때는 바보들 앞에서 그저 웃어 주는 것이 최상이지요. P*** 씨는 자신을 잊고 있었어요."

"오늘이라고요? 정말인가요?" 나는 최대한 초연한 척하면서 물었다.

"6시예요, 운명의 시간이죠." 앙토니가 대답했다. "그 인기 있는 포부르 생제르맹의 멋진 변호사 오시앙이 어제 저녁에 내게 말해 줬지요. 내 환심을 사기 위해서요. 깜박했는데, 외국에서도 한 사람을 부른 모양이에요. 법관 드 파리 씨를 도와 재판의 권위와 죄를 더 부각시키기 위해서겠지요."

나는 그 마지막 말에 사투르누스 씨 쪽으로 돌아섰다. 그는 문 앞에 서 있었다. 검은 망토를 걸치고, 손에 모자를 든 채, 아주 공적인 태도로 말이다.

펀치로 취한 머리가 빙글빙글 돌았다! 솔직히 말한다면 나는 좀 시비를 걸고 싶었다. 그를 초대해서 '말썽'을 일으킨 것은 아닌가 하는 불안감 때문이었다. 나는 이 갑작스러운 침입자의 모습을 참을 수 없었고, 또 내 불쾌감을 그에게 알리고 싶다는 욕망을 가까스로 참고 있는 중이었다.

"남작님." 나는 미소 지으며 말했다. "당신이 암암리에 우리에게 보인 암시에 따르자면, 방금 당신이 말한 '신이 당신에게 허락한 것보다 더 자주 귀먹고 눈먼다는 것'이 어느 정도 법 집행과 관련된 것은 아닌지 묻고 싶군요."

그는 내게 가까이 다가와 장난스러운 태도로 몸을 기울여 낮은 소리로 대답했다. "이제 그만 입을 다무시지요, 여성분들도 있으니!"

그는 빙 둘러보며 인사를 한 뒤 나갔다. 나는 벙어리가 된 듯했고 약간 소름이 돋았으며 내 귀를 믿을 수도 없었다. 여기서 독자 여러분께 한마디. 알려져 있다시피 스탕달은 감정적인 사랑 이야기를 쓸 때 먼저 형법 책 몇 쪽을 읽었다고 한다. 글의 톤을 찾기 위해서. 마찬가지로 내가 생각을 가다듬기 위해 쓰는 가장 효과적인 방법은, 슈아셀 상가에 있는 어느 카페에 가는 것이었다. 그곳은 파리의 사형 집행인이었던 고故 X*** 남작이 거의 매일 저녁 들러 왕실 사람처럼 행세하던 곳이기도 했다. 그는 내 눈에 어느 누구보다 잘 교육받은 사람으로 보였다. 그는 아주 낮고 특이한 목소리로 인자한 미소를 띠며 이렇게 말했다. "나는 자르지요!" 나는 바로 거기에서 가장 부르주아적이고 가장 시적인 영감의 작품을 썼다. 사형 집행인이 드나들던 그 카페에서 아무렇지도 않았던 내가, 지금은 엄청난 공포를 느끼고 있었다. 방금 자신이 사형 집행인이라고 고백한 한 사내 때문에.

우리들의 대화를 듣고 있던 C***가 내 어깨를 가볍게 치더니 물었다. "정신이 나간 거야?"

"재산은 엄청난데 물려줄 후손이 없는 모양이야!" 나는 펀치 냄새에 흥분해서 중얼거렸다.

"그가 정말 그 집행과 관련이 있다고 생각해?" C***가 물었다.

"다 듣고 있었구나!" 나는 아주 낮은 소리로 짧지만 충분히 알아듣게 말했다! "그는 단지 사형 집행인일 뿐이야! 아까 앙토니가 말한, 외국에서 왔다는 사람일 거야. 그가 품위조차 없었다면 그에게 실망했을 거야."

"세상에!" C***가 소리쳤다. "고작 사형 집행인이 3만 프랑짜리 마차를 타고, 옆에 앉은 여자에게 다이아몬드를 주고, 메종 도레에서 식사를 한단 말이야? 슈아셀 카페에서부터 수많은 집행인들을 봐왔지만, 정말 너의 사투르누스 씨는 장난이 아닌데?"

그의 말에 정신을 차리고 냉철하게 판단해 보니, 이 시인 녀석의 말이 맞는 것 같았다. 나는 당황하여 서둘러 장갑과 모자를 들고 현관 쪽으로 갔다. "좋아"라고 중얼거리며.

C***는 "자네 좋을 대로 하게"라고 말했다.

나는 살롱의 문을 열며 말했다. "그는 너무 오래 우리를 조롱했어. 그 음산한 위선자를 잡기만 한다면, 맹세코……."

그러자 C***가 말했다. "맹세는 가면서 아무한테나 하라구."

그 말에 막 대답을 하려는데, 내 어깨 뒤에서 커튼이 걷히더니 그 아래에서 익숙하고 경쾌한 목소리가 외쳤다. "소용없어! 제발 가만히 있게나."

바로 우리의 친구 레제글리소트 의사가 우리의 마지막 대화를 엿듣고 있었던 것이다. 눈을 뒤집어쓴 그는 내 앞에서 팔짝팔짝 뛰며 눈을 털어 냈다.

"의사 선생님." 나는 그에게 말했다. "잠깐 있다 돌아올 거예요. 지금은……."

그는 나를 다시 잡았다. "내가 방금 이 살롱을 나간 사람에 대한 이야기를 해주면 당신은 더 이상 그에게 질문하고 싶은 생각이 들지 않을 거예요. 게다가 너무 늦었어요. 그의 마차는 벌써 멀리 가버렸을 테니." 그가 하는 말이 너무나 이상해서 결국 나는 멈춰 섰다.

나는 자리에 앉고는 잠시 뒤 말했다. "무슨 이야기인지는 모르겠지만 나를 다시 앉힌 책임을 지세요."

해박한 왕자 같은 의사는 한쪽 구석에 황금 사과 지팡이를 내려놓고 세 명의 아름다운 미인들의 손에 정중히 가볍게 입을 맞춘 후, 포르투갈산 포도주를 한 잔 따른 후 다음과 같은 이야기를 시작했다. 그의 갑작스러운 등장으로 긴장감은 한껏 고조돼 있었다.

"오늘 밤 어떤 일들이 일어났는지 나는 훤히 알고 있습니다. 마치 당신들과 함께 있었던 것처럼!"

"뭐라구요?" C***가 끼어들었다.

"그 남자는 H*** 남작이지요. 독일 명문가 출신이랍니다. 백만장자지요. 하지만……." 의사는 우리를 둘러봤다. "하지만 그는 뮌헨과 베를린 전문의들로부터 정신병자라는 판정을 받았고 그의 증상은 전대미문의 특이하고 치료 불가능한 것이었지요!" 의사는 마치 생리학 강의라도 하듯 말을 맺었다.

"정신병자라구요? 그게 무슨 뜻이지요?" C***는 문을 잠그러 가며 물었다. 여자들도 웃음기를 거두며 그의 말에 집중했다. 나로 말할 것 같으면 몇 분 전부터 꿈을 꾸고 있는 듯했다.

"정신병자라구요?" 앙토니는 소리쳤다. "그러면 병원에 있어야 하는 것 아닌가요?"

"그 신사는 백만장자보다 몇 배나 더 부자인 사람이라, 오히려 다른 사람을 가둘 수 있는 사람이지요." 레제글리소트가 심각하게 말했다.

"어떤 증상인가요?" 안나가 물었다. "내가 보기에는 참 친절하고 예의 바른 것 같던데요. 정말 그랬다구요!"

"아마 곧 생각을 바꾸시게 될 거예요." 의사는 이야기를 계속하며 담배에 불을 붙였다. 창문으로 희미한 새벽 미명이 비치기 시작했다. 촛불들도 희미해져 가고 벽난로의 불꽃들도 사그라져 갔다. 우리가 듣는 이야기는 마치 악몽 같았다. 의사는 이야기를 지어내는 사람이 아니었다. 그가 하는 이야기는 저 아래 광장에 세워진 도구만큼이나 냉혹한 진실이었다. 그는 마데르 술을 두 모금 마시더니 이야기를 계속했다. "그 과묵한 사람은 인도행 배를 탔던 것 같아요. 아시아를 많이 여행했지요. 그가 그곳에서 어떤 사건을 겪었는지는 신비에 감추어져 있지요. 그는 몇 번의 폭동 때 극동 지방으로 가서 폭동자나 범죄자를 처벌하는 끔찍한 처형장을 보곤 했지요. 처음에는 그저 여행자로서 구경했을 거예요. 하지만 처형을 보며 내면의 잔혹성이, 우리 의식의 한계를 넘는 잔인한 본능이 그 사람 안에서 요동쳐 그의 머리를 돌게 하고, 그의 피를 독으로 물들였지요. 그리고 결국 그는 지금처럼 이상하게 되어 버렸어요. 상상해 보세요, 그가 페르시아나 인도차이나나 티베트의 도시 중 하나에 있는 오래된 감옥으로 들어가, 간수들을 돈으로 매수하여 동양의 사형집행인 대신 끔찍한 처형을 집행하는 장면을. 페르시아의 나세르 에딘 왕이 자신이 정복한 도시에 정식으로 발을 디딜 때 40파운드의 눈알들을 두 개의 금쟁반에 담아 갔다는 에피소드를 알고들 계시지요? 그 나라 옷을 입은 남작은, 누구보다 잔혹한 사형 집행자였지요. 두 명의 폭동 주동자는 그 어떤 사람보다 잔인한 방법으로 처형당했어요. 먼저 집게로 이빨들을 다 뽑혔고, 그 이빨들은 머리를 밀어 낸 그들의 두개골 위로 왕의 후계자 이름을 새기며 다시 박혔지요. 훼트, 알리, 샤, 라고 말이에요. 바로 방금 나간 그 신사가 그 일을 했답니다. 그는 엄청난 뇌물을 주고 집행자가 되어 서투른 솜씨로 그런 일을 저질렀어요. 여기서 잠깐 물어보고 싶은 것은, 그런 벌을 명령하는 사람이 미친 사람일까요? 그것을 집행하는 사람이 미친 사람일까요? 말도 안 되는 소리라구요? 하지만! 그 두 사람 중 더 책임 있는 사람이 파리에 온다면 우리는 그를 위해 불꽃을 터뜨리고 군대의 기를 들어 올려 그가 지나갈 때 고개를 숙이겠지요. 이 모든 것이 '89년 대혁명의 영원불변한 정신' 아래 행해질 테지요. 하지만 그 이야기는 그만둡시다. 점점 더 심해지는 그의 광기는, 홉스와 에긴스 선장의 말을 곧이곧대로 믿는다면, 티베리우스나 엘라가발루스❖의 미친 짓을 훨씬 능가하는 비정상적인 수준이었지요. 왜냐하면······." 의사는 덧붙였다. "그 한계가 어디까지인지 알 수 없으니까."

레제글리소트는 말을 멈추더니 우리를 한 사람씩 마치 놀리듯 바라보았다. 우리는 이야기에 너무 집중한 바람에 시가가 꺼진 것도 모르고 있었다.

....

❖ 고대 로마의 황제들.

"유럽으로 돌아온 후," 의사는 계속 말했다. "H*** 남작은 이제는 다 나았는가 싶게 조용했다가 곧 또다시 뜨거운 불길에 휩싸이게 되었지요. 그는 오로지 하나의 꿈만 꾸고 있었어요. 사드 백작의 비열한 상상보다 더 병적이고 더 냉혹한 꿈이었지요. 바로 유럽의 모든 수도의 사형 집행인이 되고 싶다는 꿈이었어요. 그는 세련된 사형 기술들이 사람을 고통 속에 죽게 하는 훌륭한 전통과 노련함을 사라지게 했다고 한탄했지요. 이곳의 사형 집행은 위기에 빠져 있고 동양에서 그가 한 것이 진정한 사형 집행이었다면서요(그는 이와 같은 내용의 진정서까지 종종 올리곤 했어요). 그는 감옥의 천장 아래서 결코 들어 본 적 없는 반역자들의 비명 소리가 왕의 귀에 닿기를 바랐지요. 누가 그 앞에서 루이 16세에 대해 이야기할 때는 이상한 증오의 눈빛을 띠었지요. 루이 16세는 반역자들보다 먼저 해결해야 할 것이 있다고 믿었던 왕이었지요. 그래서 아마도 H***가 증오했던 유일한 사람이었을 거예요.

그의 진정서는 물론 성과를 거두지 못했지요. 그리고 감금당했어야 할 그가 그렇게 되지 않은 것은 전적으로 상속자들 덕분이었어요. 그의 아버지인 H***는 유언에서 가까운 사람들에게 아들의 사회적 매장만은 피하게 하라고 명령했지요. 그것으로 야기될 금전적인 문제들을 고려해서. 그래서 그는 자유롭게 여행할 수 있었던 겁니다. 그는 특히 법 집행자들과 친하게 지냈지요. 여행하면서 가장 먼저 그들을 방문했으니까요. 그는 그들에게 가끔 엄청난 돈을 주며 그들의 일을 대신하곤 했어요. 내 생각에 유럽에서(그는 한쪽 눈을 질끈 감으며 말했다) 그는 그 일로 몇몇을 해고시키기까지 했을 거예요.

그의 광기가 별로 위험해 보이지 않을 수도 있어요. 범법자들을 사형시키는 것이니까. 또한 그런 부분을 제외하면 H*** 남작은 아주 평화로운 사람이라고 일컬어지지요. 그를 너무나도 잘 알고 있는 사람들은, 그가 이해할 수 없을 정도로 너그럽게 행동할 때면 등에 식은땀을 흘렸지요.

그는 자주 동양을 그리워하며 꼭 다시 돌아가겠다고 말하곤 했어요. 고문 집행관 자격 시험에 떨어졌을 때 그는 지독한 우울증에 빠졌지요. 여러분들은 토르크마다나 아르뷔에, 알브 백작이나 요크 백작의 꿈들을 알고 계시지요? 그는 그들처럼 자신의 광기에 점점 사로잡혔지요. 처형이 있을 때는 그 사형장으로 자신이 고용한 염탐꾼을 보내기까지 하면서. 그는 먼 거리를 단번에 날아가 처형대 바로 밑에 자리를 잡고 사형을 지켜봤답니다. 지금 이 순간에도, 그는 사형수의 마지막 시선을 보지 못하고는 결코 편안하게 잠들지 못할 거예요. 신사 숙녀 여러분, 오늘 밤 당신들이 함께 시간을 보낸 사람이 바로 그런 사람입니다. 다시 말하지만 그는 그런 광기만 제외하면 정말 흠 없는 사람이며 너무나 재미있는 대화 상대지요. 너무 흥미롭고, 너무……."

"됐어요. 의사 선생님! 제발!" 그의 비꼬는 듯한 농담이 견딜 수 없다는 듯 앙토니와 클리오 라 상드레가 소리쳤다.

"정말 기요틴에 미친 사람이군요!" 안나가 중얼거렸다. "고문을 오락처럼 즐기는 사람이에요!"

"정말, 당신의 이야기를 듣지 않았다면……." C***도 더듬거렸다.

"믿지 않았겠지요?" 레제글리소트가 말을 막았다. "나도 처음에는 오랫동안 믿을 수 없었지요. 하지만 여러분들이 원하신다면 모두 함께 가보지요. 나의 명함으로 우리는 순찰마의 통제선을 넘어 그에게 다가갈 수 있을 거예요. 가서 그의 얼굴만 확인해 봅시다. 처형이 진행되는 동안. 그러면 의심하지 않으시겠지요."

"그 제의에 대단히 감사합니다만……," C***가 말했다. "난 그냥 당신의 말을 믿겠어요. 믿을 수 없는 소리지만요."

의사는 아무도 손을 대지 않은 가재 요리를 한번 건드려 보고는, 침울한 우리를 바라보며 말했다. "그 인간에 대한 비밀을 듣고 너무 놀라거나 충격을 받으실 필요는 없습니다." 그는 계속했다. "편집증이라는 병은 기괴하게도 그 증상만 이상할 뿐 그 외에 모든 것은 정상이니까요. 그 이상도 이하도 아니에요. 미친 사람들 이야기를 들어 보세요. 더 놀라운 일들을 많이 알게 될 겁니다. 그리고 우리는 그 병에 걸린 사람들과 대낮에 팔꿈치를

맞대고 지내면서도 그가 미친 사람이라고 한순간도 의심하지 못할 겁니다."

"여러분들." 충격이 가라앉자 C***가 차분한 목소리로 말했다. "고백하건대, 나는 사형 집행인이 내게 내미는 잔에 거부감 없이 내 잔을 부딪칠 수 있습니다. 그들이 하는 행동은 신의 뜻이라고 늘 말해 왔으니까요. 하지만 집행 현장을 굳이 일부러 찾아다니지는 않을 겁니다. 그런 경우를 만나게 된다 해도 비난도 하지 않을 테고요. 나는 사형 집행인이나 그 비슷한 사람에게 아무 감정도 느끼지 못하는 위인입니다. 그런 주제를 다룬 감상적인 멜로드라마에 공감해 본 적도 없고요. 하지만 이 미친 남자의 모습은, 내게 큰 충격을 줍니다. 주저하지 않고 말하겠어요. 그는 지옥으로부터 온 영혼이고, 오늘 밤 우리의 초대 손님은 우리가 만난 최악의 손님이었다고. 미쳤다는 말도 그의 본모습을 설명하기엔 부족한 것 같군요. 진짜 사형 집행인이었다면 아무 느낌도 없었을 겁니다. 하지만 우리의 끔찍한 환자에게는 말할 수 없이 소름이 끼치는 뭔가가 있어요!"

C***의 말을 뒤이은 침묵은 무거웠다. 마치 죽음이 큰 촛대 사이로 자신의 벗어진 머리를 흘깃 보여 준 것 같았다.

"저는 아플 것 같아요." 극도로 흥분한 클리오 라 상드레가 차가운 새벽 기운에 더 떨리는 목소리로 말했다. "저를 혼자 두지 말아 주세요. 저의 빌라로 가요. 이 일을 잊을 수 있도록 뭔가 좀 해봐요. 욕실도 있고, 말들도 있고, 침실도 있어요. (그녀는 자신이 무슨 말을 하는지도 모르는 것 같았다.) 집은 숲 속에 있어요. 20분이면 갈 수 있어요. 제발 부탁이에요. 그 사람을 생각하는 것만으로도 병이 날 것 같아요. 혼자 있으면 그가 갑자기 램프를 들고 두려움에 가득 찬 얼굴로 알 수 없는 미소를 머금고 들어올 것만 같아요."

"정말 수수께끼 같은 밤이군요!" 안나 잭슨이 말했다.

레제글리소트는 가재 요리를 다 먹은 후 아주 만족한 듯 입술을 닦고 있었다. 종을 울리자 조제프가 나타났다. 우리가 조제프와 계산을 끝내는 동안, 안나는 작은 백조 털로 덮인 자신의 뺨을 어루만지며 앙토니에게 조용히 속삭였다.

"조제프에게 아무 말도 안 할 거야?"

아름답고 너무나 창백한 앙토니가 말했다. "그럼 아마 나를 미쳤다고 할걸!"

그러고는 집사에게 돌아서며 말했다. "조제프, 이 반지를 받아요. 루비색이 내게는 너무 짙어. 안 그래, 안나? 다이아몬드가 핏방울 주위에서 울고 있는 것 같아. 이걸 팔아서 그 돈을 집 앞에 지나가는 거지에게 주세요."

조제프는 그 반지를 받아 들고 몽유병자 같은 인사를 하고는, 여자들이 화장을 고치고 검은 새틴으로 된 도미노 망토를 걸치고 다시 마스크를 쓰는 동안 마차를 준비시키러 나갔다.

6시가 울렸다.

"잠깐." 나는 손으로 시계를 가리키며 말했다. "한 시간 전만 해도 어느 정도 우리 모두는 그 미친 남자의 공범이 아니었나요? 그러니 그의 광기에 좀 관대해지기로 하지요. 지금 이 순간에도, 드러나지는 않지만, 우리의 야만성이 그의 광기만큼이나 병적일지 누가 알겠어요?"

내 말에 모든 사람들은 깊은 침묵 속에 몸을 일으켰다. 가면 아래에서 나를 바라보는 안나의 눈빛에서, 나는 섬광을 느꼈다. 그녀는 고개를 돌리고 재빨리 창문을 열었다.

멀리서, 파리의 모든 종들이 시간을 울렸다.

6시를 치자 모든 사람들이 몸을 떨었다. 나는 깊은 생각에 잠긴 채 악마의 머리 모양을 한 구리로 된 커튼 고리를 바라보았다. 그것은 마치 경련을 일으키는 듯했고, 고리에 달린 붉은 커튼은 핏빛의 물결로 출렁이고 있었다.

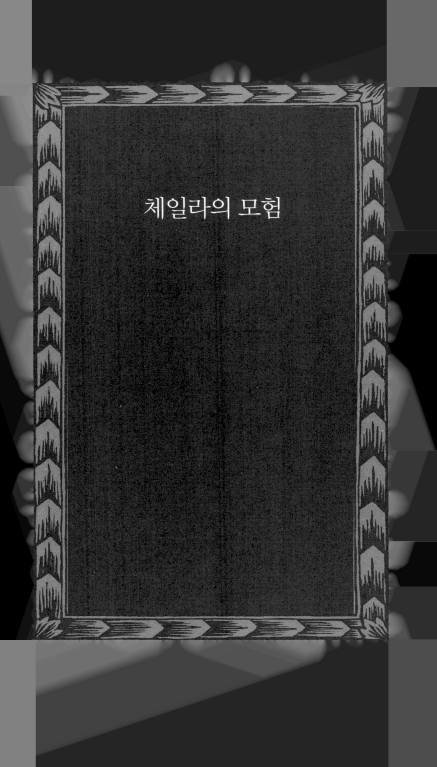

체일라의 모험

L'aventure de Tse-i-la

알아맞히지 않으면 삼켜 버리리.
—스핑크스

먼 곳에 있는 황금 논이 물결치는 쿠앙 시 변방에는, 왕국의
중심부까지 지붕 들린 집들이 쭉 펼쳐져 있었다. 지붕들 중 몇몇
은 타르타르식 전통을 고수하고 있었다. 그곳은 여전히 중국인
들의 대중적인 사랑을 받는 부처를 열렬히 신봉하고 있었다. 그
지방의 광신적인 스님들 때문에 중국식의 이러한 미신은 북경과
가까운 다른 지방보다 그곳에서 더 지독하게 번성하고 있었으며
귀족들도 예외는 아니었다. 특히 만주에서는 나라의 정사에도
'부처님들'의 직접적인 간섭이 용인되고 있었다.

그 제국의 거대한 속국의 왕은 체탕蕍蛨 왕이었다. 그는 명민
하고 탐욕적이고 사나운 전제 군주였다. 이제부터 우리는 이 왕

이 얼마나 기막히게 비밀스러운 재간으로, 백성들의 들끓는 증오 가운데서도 복수를 피하고 평화를 유지할 수 있었는지 볼 수 있을 것이다. 그는 마지막 순간까지 걱정이나 위험 없이, 피에 굶주린 자들의 끓어오르는 분노에 대처할 수 있었다.

그가 죽기 10년 전쯤 어느 여름날 정오, 뜨거운 열기로 호수의 물결들이 번뜩이고 나뭇잎들이 말라 부서지고 먼지들조차 빛에 반짝이던 날, 제국의 다른 대도시처럼 좁은 골목길을 사이에 두고 다닥다닥 붙어 있는 남경의 세 층짜리 높은 정자들의 지붕 위로 화염의 비가 쏟아지고 있을 때였다. 체탕 왕은 그의 궁전 중 가장 시원한 방에서, 새로 금을 입힌 메꽃 자개 의자 위에 앉아 턱을 괴고 무릎에는 왕홀王笏을 올려놓은 채 앉아 있었다.

그의 뒤에는 말로 형언할 수 없는 용신의 거대한 조각이 그의 왕좌를 굽어보고 있었다. 그 옆에 선 보초들은 검은 비늘 같은 갑옷을 입고 창과 활 혹은 긴 도끼를 손에 들고 왕을 지키고 있었고 오른쪽에는 그가 좋아하는 사형 집행인이 서 있었다.

체탕의 시선은 고관들과 왕자들과 궁전의 신하들 위를 이리저리 배회하고 있었다. 하지만 그들 마음속의 방어선은 결코 뚫고 들어갈 수 없었다. 왕은 증오심과 알 수 없는 의심에 사로잡혀 금방이라도 일을 저지를 것 같은 암살자들에 둘러싸인 채 낮게 속삭이는 그 무리들을 가만히 주시하고 있었다. 누가 끝장을 낼 것인가. 매 순간 아직도 살아 있음에 스스로 놀라면서 그는 말없이 위협적인 미망에 사로잡혀 있었다.

그때 커튼이 벌어지며 어떤 신하가 들어왔다. 크고 맑은 눈에 아름다운 건강한 청년을 대동한 채. 청년은 붉은 비단 옷에 은장식이 달린 허리띠를 두르고 있었다. 체탕 왕 앞에서 그는 절을 했다.

"왕이시여." 신하가 말했다. "이 사람은 스스로를 이 도시의 보잘것없는 백성이라고 일컫는 자로 이름은 체일라라고 합니다. 그가 감히 죽음을 불사하고 말하기를, 불멸의 부처님들이 폐하께 보내는 메시지가 있다고 합니다."

"말해 보라." 체탕이 말했다.

체일라는 몸을 일으켰다.

"폐하." 그는 침착한 목소리로 말했다. "제가 만일 허튼소리를 지껄인다면 무슨 일이 일어날지 잘 알고 있습니다. 어젯밤 기막힌 꿈을 꾸었습니다. 부처님들이 저를 방문하셔서 아주 놀라운 비밀을 보여 주신 겁니다. 만약 폐하가 그것을 들으시면 어떤 인간에게서도 들은 바 없는 진실이란 것을 알게 되실 것입니다. 그 이야기를 듣는 것만으로도 새로운 능력을 소유하시게 될 것입니다. 부처님들의 도움으로 폐하는 곧 신비한 능력을 갖게 될 것입니다. 눈을 감으면 눈동자와 눈꺼풀 사이에서 피에 얼룩진 이름들을 보게 될 것입니다. 바로 폐하의 왕관과 생명을 노리는 자들의 이름들이지요. 그들이 거사를 모의하려는 바로 그 순간 폐하께서는 그것을 알게 되실 겁니다. 그렇게 되면 폐하께서는 항상 치명적인 급습으로부터 자유로워져서 왕으로서의 권위를 잃지 않고 평화롭게 늙어 가실 수 있을 것입니다. 저는, 폐하께 그림자를 드리우고 있는 저 용신의 이름으로 이 비밀스러운 마법이 사실임을 맹세합니다."

이 엉뚱한 소리에 모여 있던 신하들은 몸을 떨며 깊은 침묵에 빠져들었다. 무표정하던 얼굴들이 동요하기 시작하며 이 알 수 없는 젊은이를 살펴보고 있었다. 떨지도 않고 스스로를 신의 마법을 전하러 온 사람이라고 말하는 이 젊은이를. 몇몇 사람들은 억지로 웃어 보려 했지만 감히 서로를 바라보지도 못한 채 결국 체일라의 당당함에 더욱더 창백해져 버렸다. 체탕 왕은 긴장된 분위기로 가득 찬 주변을 찬찬히 둘러보았다.

마침내, 왕자들 중 한 명이, 자신의 불안을 감추기 위해 소리쳤다.

"아편 중독자의 미친 소리에 불과합니다."

만주인들도 확신에 차서 말했다. "부처는 광야의 고승들에게만 나타납니다."

고관 중 한 명도 응수했다. "먼저 저 청년이 가지고 있다는 비밀이 폐하의 고매한 식견에 걸맞은 것인지부터 확인해 보시지요."

동요한 신하들은 이렇게 말했다. "그런데 저자가…… 폐하를 칼로 찌르기 위해 폐하가 한눈파는 순간만 노리는 놈이라면……."

"입을 다물라!" 그러고는 체탕 왕은 신비한 글씨가 번쩍이는 옥으로 된 부채를 체일라 쪽으로 내밀며 무감각하게 말했다. "계속하도록 하여라."

체일라는 두 뺨 위에 닿은 흑단으로 된 작은 부채를 펼치며 다시 말을 시작했다.

"설사 고문으로라도 제가 이 엄청난 비밀을 왕이 아닌 다른 사람에게 발설할 사람이라면, 부처님들은 결코 저를 전달자로 삼지 않으셨을 겁니다! 저는 아편쟁이도 아니고 미친 사람도 아닙니다. 무기도 없고요. 단지 덧붙이고 싶은 것은, 제가 가진 비밀은 제가 비참한 죽음을 맞을 수도 있는 가치를 지닌 것이라는 사실입니다. 폐하만이, 오, 폐하만이 판단하실 수 있습니다. 제가 이제부터 요구하려는 것이 공정한 요구인지를. 그러니 폐하께서 감은 눈 아래로 살아 있는 제 말의 능력을, 부처님들의 숨결로 거룩해진 제 능력을 느끼실 수 있다면, 폐하의 아름다운 따님인 리티엔세와 다이아몬드로 된 만주족의 왕족 표식과 5천만 냥의 금을 제게 하사하여 주십시오."

'금'이라는 말을 할 때 체일라의 뺨은 홍조를 띠었다. 그는 부채질을 계속했다.

너무나 엄청난 요구에 궁중 사람들은 비웃음의 미소를 띠었고 음산한 왕의 마음에도 분노가 일었다. 황제의 교만과 탐욕을 잘못 건드린 것이다. 여전히 이 불굴의 청년이 말을 계속하는 것을 보면서 왕의 입술 위로는 잔인한 미소가 번져 갔다.

"폐하, 편견을 처단하시는 비할 데 없는 신이신 공자님의 이름으로 서약해 주소서. 저의 비밀이 납득되시면 보상해 주시고, 우스운 망상 같으면 저를 죽이셔도 좋습니다."

체탕 왕은 몸을 일으키며 말했다. "맹세할 테니 나를 따라오라."

조금 후에 등 하나가 걸려 있는 천장 아래서 매력적인 얼굴의 체일라는 기둥에 묶인 채 조용히 체탕 왕을 바라보고 있었다. 큰 키의 왕은 어둠 속에서 세 걸음쯤 떨어져 있었다. 지하 납골당의 쇠문에 등을 기대고, 오른손은 벽에 달린 금속 용의 이마 위에 대고 있었다. 용의 외눈은 체일라를 쏘아보고 있는 듯했다. 체탕 왕의 녹색 옷과 보석 목걸이가 반짝였다. 단지 그의 얼굴만이 램프의 검은 원을 벗어나 어둠 속에 묻혀 있었다.

이 깊은 땅속에서는 아무도 그들의 말을 들을 수 없을 것 같았다.

"말하라." 체탕 왕이 말했다.

"폐하." 체일라가 말했다. "저는 유명한 이태백의 제자입니다. 부처님들은 폐하에게 권력을 주셨듯이 제게는 천재성을 주셨습니다. 또 부처님들은 저를 크게 성숙시키기 위해 가난함도 주셨습니다. 저는 그런 은혜에 매일매일 감사하며 평화롭게 어떤 욕망도 없이 살고 있었습니다. 그러다 달빛이 은빛처럼 공기 속을 떠돌던 어느 밤, 폐하의 궁전 정자 위에 있는 폐하의 따님인 리티엔세를 보게 되었습니다. 그녀의 발아래 밤바람이 불어 큰 나무들이 오색의 꽃잎들을 휘날렸지요. 그날 밤부터 저는 더 이상 붓을 놀릴 수가 없었습니다. 저는 그녀도 제 가슴을 뚫고 지나간 그 빛을 생각하고 있다는 것을 느낄 수 있었지요! 그리움에 지쳐서 그녀 없는 고통보다는 차라리 끔찍한 죽음이 나을 것 같아 저는 영웅처럼 용감하고 거의 성스럽다고 할 정도로 교활한 생각을 가지고 저 자신을, 오 왕이시여, 그녀에게 이르게 하고 싶어졌습니다."

체탕 왕은 더 이상 참을 수 없다는 듯 검지로 용의 눈을 눌렀다. 체일라 앞에서 문이 소리 없이 양쪽으로 열렸다. 그는 옆에 있는 독방의 내부를 볼 수 있었다.

가죽 옷을 입은 세 명의 남자가, 숯불 옆에 서서 고문 도구를 달구고 있었다. 천장으로부터 단단하게 꼬인 비단 끈 하나가 늘어져 있었고, 그 아래에는 작고 둥근 쇠틀이 달려 있었다. 쇠틀에는 둥근 입구가 하나 뚫려 있었다.

체일라가 보는 것은 '끔찍한 죽음'의 도구였다. 끔찍한 불 고문을 당한 죄인은 한쪽 손목은 꼬인 비단 끈에, 다른 쪽 손의 검지는 뒤로 다른 발 검지에 묶인 채 공중에 매달려 있었다. 머리 주변에는 작은 쇠틀이 고정되어 있었다. 간수들은 그 작은 쇠틀 속에 굶주린 큰 쥐 두 마리를 넣고는 쥐들이 왔다 갔다 하게 흔들어 놓았다. 그러고는 이틀 동안 죄인을 그 어두운 방에 내버려 둔 것이었다.

강심장을 가진 사람조차 두려움에 떨게 할 이 광경을 보고 체일라는 차갑게 말했다. "폐하께서는 제 말을 다른 아무도 들을 수 없다는 것을 잊으셨나요?"

문이 다시 닫혔다.

"너의 비밀 말이냐?" 체탕 왕이 빈정거리듯 말했다.

"네, 제 비밀 말입니다. 군주시여! 오늘 밤 제가 죽으면 폐하도 죽게 됩니다." 그렇게 말하는 체일라의 눈에는 재기가 번뜩였다. "저를 죽이려 하시나요? 그런데 정말 모르시겠어요? 저 위에서 당신이 돌아오길 기다리며 떨고 있는 사람들이 바라는 것이 바로 저의 죽음이라는 것을! 폐하가 그냥 나가시면 제 비밀이 아무것도 아니었음을 증명하는 꼴이 됩니다. 그럼 폐하를 죽이려던 자들이 얼마나 소리 죽여 웃으며 좋아할까요? 그 웃음이 바로 폐하의 죽음에 대한 첫 신호가 될 것입니다. 처벌을 면한 그들은, 더욱더 화가 나고 증오심으로 가득 찰 테니까요. 간수들을 부르세요! 저를 죽이세요! 하지만 그러면 폐하의 죽음도 시간문제가 될 것입니다. 폐하의 자식들도 목이 졸려 폐하를 따르게 될 것이고, 폐하의 딸인 매혹의 꽃 리티엔세도 그들의 노리개가 될 것입니다. 그 반대로 폐하께서 예언의 초능력이라도 갖춘 듯한 표정으로 그들 앞에 호위병을 거느리고 나타나시면, 한 손을 제 어깨에 얹고 왕실로 들어서시면, 친히 제게 왕자의 옷을 입히시고 폐하의 따님이며 저의 영혼인 리티엔세를 데려오게 하시면, 저희를 맺어 주신 후에 공식적으로 제게 5천만 냥의 금을 주시면, 아마도 그 광경을 본 신하들은 어둠 속에서 반쯤 칼을 뽑았던 자조차 폐하 앞에 무너져 내릴 것입니다. 이후로는 어느 누구도 폐하의 적이 될 생각을 하지 못할 것입니다. 그러니 잘 생각해 보십시오! 폐하는 이성적이고 냉철한 분, 정사의 귀재 아니십니까? 그러니 헛된 공상 하나가 폐하의 얼굴에 깃든 불안을 성스러운 승리감에 가득 찬 고요한 평안으로 바꿀 수 있다는 것을 곧 아시게 될 것입니다! 잔인하다고 소문난 폐하께서 저를 살려 주신다면, 음흉하기로 소문난 폐하께서 제게 맹세를 지키신다면, 탐욕스럽기로 소문난 폐하께서 그렇게 많은 금을 제게 주신다면, 자식에 대한 끔찍한 사랑으로 소문난 폐하께서 지나가는 놈에게 딸을 주신다면…… 대체 누가 의심을 하겠습니까? 폐하가 저로부터 천상의 고승들이 가르쳐 준 비밀을 들었다는 것을. 이제 제 할 일은 다했습니다. 모든 것은 폐하에게 달려 있습니다. 저는 약속을 지켰습니다! 제가 금을 달라고 한 것도 엄청난 직분을 달라고 한 것도, 폐하처럼 무지막지한 왕에게 그렇게 엄청난 것을 얻어 저의 비밀이 얼마나 기막히게 중요한 것인지를 보이려 하기 위해서였습니다.

체탕 왕이시여, 저는 폐하의 명령에 따라 기둥에 묶인 채 끔찍한 죽음 앞에 있지만, 저의 지혜로운 스승인 이태백의 영예를 받들어 폐하께 진실로 지혜로운 길을 말씀드렸습니다. 빛나는 이마를 높이 들고 저와 함께 들어가세요! 하늘의 계시를 받은 듯 우아하게요! 이제부터는 자비도 긍휼도 없다는 위협적인 태도로. 백성들의 즐거움을 위해 용신의 이름으로(이 천상의 계략은 그가 가르쳐 준 것입니다) 불꽃 축제를 벌이도록 명하세요! 저는 내일 사라지겠습니다. 내 사랑과 멀리 시골로 가서 행복하게 살겠습니다. 하사하신 금을 가지고요. 이제 곧 폐하께서 제게 주실 다이아몬드는 결코 몸에 지니지 않을 것입니다. 저는 다른 야망이 있습니다. 저는 왕자들과 왕국보다 더 오래 살아남을 조화롭고 심오한 정신세계를 믿습니다. 그 불멸의 제국에서 왕으로 살면서 폐하의 나라에서는 단지 부마로 남겠습니다. 이미 보셨듯이, 부처님은 제게 굳은 마음과 폐하의 신하들만큼이나 명석한 머리를 주셨습니다. 때문에 저는 폐하가 거느린 그 어떤 고관보다 공주를 즐겁게 해줄 수 있습니다. 저의 꿈인 리티엔세에게 꿈이 무어냐고 물어보세요! 저는 확신합니다. 제 눈을 보는 순간 그녀는 폐하에게 자신의 꿈을 말할 수 있을 것입니다. 폐하로 말할 것 같으면, 폐하를 수호하는 미신 같은 비밀에 감싸여, 안전

하실 것이고 만일 폐하의 생각을 정의 쪽으로 돌리기만 하신다면 폐하를 둘러싸고 있는 위협을 사랑으로 바꾸실 수 있을 것입니다. 그것이 바로 오래 살아남을 수 있었던 왕들의 비밀입니다! 제가 드릴 말씀은 이것뿐입니다. 이제 생각해 보시고 선택하십시오! 저는 할 말을 다했습니다."

체일라는 입을 다물었다. 체탕 왕은 꿈쩍도 하지 않고 잠깐 생각에 잠긴 듯했다. 그의 조용한 그림자가 철문 위에 드리웠다. 곧 그는 젊은 청년에게 내려왔다. 그러고는 어깨에 손을 얹으며 만감이 교차하는 눈으로 그를 똑바로 쳐다보았다.

마침내, 그는 칼을 꺼내 체일라를 묶은 끈을 잘랐다. 그러고는 목에 두른 왕의 목걸이를 그에게 던지며 "가까이 오라"고 말했다.

그는 감옥의 계단을 올라 광명과 자유의 문 위에 손을 얹었다. 사랑은 물론 갑작스러운 부귀영화까지 얻은 체일라는 얼이 빠진 채 왕이 하사하는 또 다른 선물을 응시했다.

"이런 보석을 또 주시다니!" 그는 중얼거렸다. "도대체 누가 폐하 같은 분을 중상모략한 건가요? 그 많은 보상에 더해 또 주시다니! 이것은 무엇에 대한 보상입니까, 폐하?"

"너의 말도 안 되는 생각에 대한 보상이다!" 체탕 왕은 경멸적으로 말하며 밖으로 나가는 문을 열었다. 그것은 찬란한 태양을 향해 있었다.

희망이라는 이름의 고문

　어느 저녁 어스름 무렵 사라고사 종교재판소의 납골당 아래에서, 세고비아 도미니크 수도회의 여섯 번째 수도원장이며 스페인의 세 번째 종교재판관인 존경받는 페드로 아르뷔에즈 데스필라가, 한 명의 고문 집행관과 등불을 든 간수 둘을 데리고 숨겨진 지하 감옥으로 내려갔다. 감옥 문의 자물쇠가 삐꺼덕거렸고, 그들은 악취 나는 독방으로 들어갔다. 위쪽에 격자창이 나 있는 벽에 고정된 틀은 피로 검게 물들어 있었고, 불을 피우는 도구와 단지가 보였다. 가마솥 위에는 족쇄에 묶이고 쇠 줄에 목이 감겨 있는 남자가 누더기 옷을 입고 정신이 나간 듯 앉아 있었다. 나이도 헤아릴 수 없는 모습이었다.

그 죄수는 아라곤의 유대인 랍비, 아제르 아바르바넬이었다. 그는 가난한 자들을 대상으로 고리대금업을 한 죄로 고소를 당해 1년도 넘게 매일매일 고문을 당하고 있었다. 하지만 그는 '가죽보다 질긴 눈먼 신념'으로 회개를 거부하고 있었다.

백만장자보다 몇 배나 더 부자인 친척을 둔 자부심과 전통 있는 가문에 대한 오만한 긍지를 가진 그는 - 모든 진정한 유대인들은 그들의 혈통에 대한 외경심을 가지고 있었다 - 탈무드에 따르면 옷니엘❖의 혈통으로, 이스라엘 사사土師의 부인 입시보에의 자손이었다. 때문에 그는 끊임없는 극심한 고통을 이겨 내야만 하는 상황이었다. 페드로 아르뷔에즈 데스필라는 이 강인한 영혼이 구원받을 길이 없다는 생각에 눈물을 글썽이며, 떨고 있는 랍비에게 다가가 이렇게 말했다.

"아들아, 기뻐하라. 이제 이곳에서의 시련은 끝이 날 것이다. 너의 너무나도 완강한 저항 앞에서 나는 괴롭더라도 더 가혹해져야 했지만, 사랑으로 교정하려는 나의 노력에도 한계가 있구나. 너는 고집 센 무화과나무 같구나. 열매도 없이 시들어 버리려 하다니……. 하지만 오직 하느님만이 너의 영혼을 심판하실 것이다. 어쩌면 관용의 신이 너를 위해 마지막 순간에 빛을 비추실지도 모르지! 그것을 기대하자꾸나! 가끔은 그런 경우도 있으

❖ 여호수아를 잇는 이스라엘 최초의 사사.

니까……. 그러니 오늘 밤은 평화롭게 쉬도록 하라. 내일은 화형에 처해질 것이다. 영원한 지옥불이 시작되는 작은 숯불로. 화형은 여기서 꽤 떨어진 곳에서 실시될 것이다. 그리고 죽기까지는 두세 시간이 걸릴 것이다. 우리가 제물들의 가슴과 이마를 차갑게 언 수건으로 잘 감싸 놓기 때문이지. 내일 화형에 처해질 사람들은 모두 마흔세 명이다. 너는 마지막 줄에 설 테니, 신을 부를 시간은 충분할 것이다. 성령으로부터 오는 불의 침례에 봉헌할 시간이 충분하다는 것을 기억하라. 성령의 빛이 오실 것을 바라며, 잘 자거라."

말을 마친 아르뷔에즈는 눈짓으로 그 불쌍한 사람을 풀어 주라고 명하면서 그를 따뜻하게 포옹했다. 그다음은 고문 집행관 차례였다. 그는 낮은 목소리로 자신이 이 죄인에게 했던 모든 짓을 용서해 달라고 신에게 간절히 빌었다. 두 명의 간수들도 그를 다정하게 포옹하며, 수도복 두건 사이로 얼굴을 내밀어 그에게 조용히 입을 맞췄다. 이제 의식은 끝이 났다. 죄수는 홀로 암흑의 독방 속에 오도카니 앉아 있었다.

＊　＊　＊

랍비 아제르 아바르바넬은 입술이 타들어 갔다. 그의 얼굴은 고통으로 넋이 나간 것 같았다. 그의 눈은 멍하니 닫힌 문을 바라보고 있었다. 그러다가 '닫힌 건가?' 하는 생각이 들었다. 그런 생각이 그의 혼미한 정신 속에서 은밀하게 어떤 망상을 일깨웠다. 그 문틈으로 들어온 램프 빛을 보았기 때문이다. 약해질 대로 약해진 그의 정신에 병적인 열망이 떠오르면서 그의 전 존재를 흔들어 댔다. 그는 눈에 보이는 그 문을 향해 기어갔다! 그리고 손가락 하나를 조심스럽게 문틈으로 넣어 당겨 보았다……. 오, 기적이었다! 잠시 전에 문을 잠근 간수가 자물쇠가 완전히 잠기기 전에 열쇠를 뺀 모양인지 독방의 문이 열렸다. 랍비는 용기를 내어 밖을 살펴보았다. 어슴푸레한 어둠 속에서 그의 눈에 반원형의 흙벽과 나선형의 계단이 들어왔다. 그 건너편 대여섯 개의 돌계단 아래로는 넓은 회랑으로 이어지는 검은 현관이 있었고, 그 아래로 아치 모양의 출구가 보였다.

그는 낮게 엎드려 현관까지 기어갔고, 드디어 회랑에 이르렀다. 하지만 그 길이는 어마어마했다! 희미한 빛, 몽롱한 꿈같은 빛이 비추고 있었다. 천장에 달린 초들은 뿌연 공기 속에서 가끔씩 푸른빛을 내뿜었다. 저 끝은 오직 어둠뿐일 것 같았다. 회랑의 측면에는 문이 하나도 없었다! 단지 현관 왼편 벽에 난 격자로 된 채광창을 통해 저녁노을이 흘러 들어오고 있었다. 그 붉은 줄은 점점 더 멀리 포석들 위로 번져 가고 있었다. 그 고요함이 너무나도 공포스러웠다! 하지만 저 어둠 끝에는 자유를 향한 출구가 있을지도 몰랐다! 가끔씩 흔들리기는 했지만 유대인의 믿음은 완고했다. 그것만이 유일한 탈출구였기 때문이다.

망설이지 않고, 그는 포석 위로 올라 채광창이 있는 현관까지 가기로 마음먹었다. 컴컴한 긴 벽 속에 묻혀 자신의 모습이 감춰지길 바라면서. 그는 천천히 가슴으로 기어 앞으로 나아갔다. 고문의 상처로 인한 극심한 고통 때문에 터져 나오려는 비명을 이를 악물고 참으면서.

갑자기, 돌로 된 복도로 샌들 소리가 울렸다. 가슴이 세차게 두근거렸다. 두려움으로 숨이 막힐 지경이었다. 눈앞이 캄캄해졌다. 곧 끝날 거야! 그는 한쪽 구석에서 시체처럼 몸을 웅크렸다. 그리고 기다렸다. 간수 하나가 급히 지나가고 있었다. 두건을 내려 쓴 그는 근육을 뜯어내는 끔찍한 고문 도구를 들고 빨리 지나갔다. 랍비는 너무 놀라 눈이 먼 것처럼, 한 시간 이상을 꼼짝도 않고 가만히 있었다. 다시 잡히면 더 심한 고문을 당할지 모른다는 두려움에 다시 감옥으로 돌아갈까 하는 생각도 들었다. 하지만 끈질긴 희망이 그에게 속삭였다. '어쩌면 탈출할 수 있을지도 몰라' 라고. 바로 그 말이 가장 고통스러운 순간에 처한 그에게 유일한 희망이 되어 주었다. 여기까지 빠져나온 것만 봐도 기적이야! 의심하지 말자! 그는 다시 기어가기 시작했다. 고통과 배고픔에 지치고 공포에 떨면서 앞으로 나아갔다! 이 무덤 속 같은 복도는 정말 신비하게 계속되고 있었다! 그는 멈추지 않으며 구원의 출구가 있을지도 모르는 어둠 속을 뚫어지게 응시했다.

또다시 발걸음 소리가 들렸다. 하지만 이번에는 느리고 불길했다. 검은색과 흰색의 옷을 입고 끝이 말린 긴 모자를 쓴 두 명의 집행관이 희미한 빛 속에 모습을 드러냈다. 둘은 낮은 소리로 이야기하고 있었는데, 손 모양을 보니 어떤 중요한 일로 논쟁을 벌이고 있는 것 같았다.

아제르 아바르바넬은 두 눈을 감았다. 가슴은 죽을 듯이 요동쳤다. 누더기 옷 안으로 죽음의 한기가 스며들었다. 그는 넋이 빠진 모습으로 미동도 없이 벽에 길게 붙어 등불 아래 가만히 다윗의 하느님께 애원하고 있었다.

그의 코앞까지 온 두 집행관은 램프의 불빛 아래 멈춰 섰다. 둘 중 한 명은 상대편이 말하는 것을 들으며 랍비를 쳐다봤다! 그의 이해할 수 없다는 듯한 멍한 시선 아래서, 불행한 죄수는 불에 달군 집게가 그의 살을 다시 뜯어내는 것 같은 고통을 느꼈다. 또다시 비명이 터져 나올 것 같았다! 그는 거의 혼절하여 숨도 제대로 쉬지 못하고 눈썹만 깜박였고, 집행관의 옷자락이 스치자 바들바들 떨었다. 하지만 그 순간 정말 이상한 생각이 떠올랐다. 집행관이 자신과 논쟁을 벌이고 있는 상대편에게 할 대답에만 골몰하느라 눈을 자기 쪽을 향하고 있으면서도 알아보지 못하는 것 같다는 생각이!

몇 분 후에 두 명의 논쟁자는 느리게, 계속 낮은 목소리로 말을 주고받으며 죄수가 나온 방향을 향해 다시 걸음을 뗐다. '아무도 날 보지 못했다!' 혼란스러운 공포 가운데 그의 뇌리에 이런 생각이 스쳤다. '혹시 내가 죽은 걸까? 그래서 아무도 날 보지 못하는 걸까?' 그런 흉측한 느낌이 그를 마비 상태에서 깨어나게 했다. 벽을 멍하니 바라보던 그는 어떤 사나운 두 눈이 반대편에서 그를 쏘아보고 있는 듯한 예감에 소스라쳐 머리를 뒤로 젖혔다. 머리칼이 곤두섰다! 절대 아니야! 그럴 수는 없어! 그는 손으로 포석을 더듬거렸다. 그러자, 방금 본 그것은 아직까지 그의 눈동자에 잔영으로 남아 있던 집행관의 두 눈이자 벽에 있는 두 얼룩으로 인한 착각임을 알 수 있었다.

가자! 그는 이곳을 벗어나리라 상상하며(병적인 상상임에 분명했지만) 저 끝을 향해 서둘러 갔다! 이제 거의 서른 발자국 정도만 남은 저 어둠을 향해 그는 좀 더 빨리 무릎과 손과 배로 기었다. 그리고 곧 무서운 복도의 어두운 곳으로 들어갔다.

그가 손을 대고 있는 포석으로부터 찬 기운이 느껴졌다. 작은 문틈으로 스며드는 사나운 바람을 증명해 주는 것이었다. 아, 하느님! 이 문이 밖으로 나가는 문이라면! 비탄스러운 도망자 신세인 사람에게, 그것은 현기증을 일으키는 희망이 아닐 수 없었다! 그는 문을 위아래로 유심히 살펴보았으나 어두워서 잘 분별할 수는 없었다. 그는 더듬거렸다. 자물쇠도 빗장도 없었다. 걸쇠가 하나 있을 뿐이었다……. 그는 몸을 일으켰다. 검지 하나로 걸쇠는 열렸다. 그 앞에서 문이 조용히 열렸다.

*　*　*

"할렐루야." 랍비는 은혜에 감격하는 한숨을 몰아쉬며 자신 앞에 펼쳐진 광경을 보기 위해 현관을 나섰다.

정원이 펼쳐져 있었고, 밤하늘에는 별이 반짝였다! 봄이고 자유이며 삶이었다! 그 옆은 들판이었다. 멀리 지평선으로 푸른 산등성이들이 보였다. 바로 저곳이 안식이며 구원이었다! 오! 해방이다! 그는 밤새도록 레몬나무 숲을 달렸다. 레몬 향기를 맡으며. 산까지만 가면 살게 된다고 생각했다! 그는 신성한 공기를 들이켰다! 신선한 바람에 그의 폐가 되살아났다! 그는 부푼 가슴으로 '나사로야, 나오너라!'❖라는 말을 들었다. 그는 자신에게 긍휼을 베푸신 하느님의 은혜에 감사하기 위해 손을 앞으로 내밀고 하늘을 바라보았다. 그것은 하나의 황홀경이었다.

그때 어떤 팔의 그림자가 그에게로 다가왔다. 마치 그를 감싸 안아 다시 묶으려는 듯. 누군가 그의 가슴을 누르는 것 같기도 했다. 정말로 누군가가 그의 곁에 있었다. 그는 그를 가만히 바라보다가 숨을 헐떡이더니, 미치광이처럼 눈의 초점을 잃고 뺨

❖ 죽은 지 나흘 된 나사로를 예수가 되살렸을 때 한 말.

이 부풀려지더니, 두려움으로 거품을 물고 쓰러졌다.

　끔찍하게도, 그는 대재판관인 페드로 아르뷔에즈 데스필라의 품에 안겨 있었다! 그는 눈물이 가득한 눈으로, 마치 잃어버린 양을 찾은 목자처럼 그 유대인을 바라보고 있었다. 그 음울한 신부는 그가 불쌍해 죽겠다는 듯 너무나 세게 그를 끌어안았다. 그 바람에, 수도복의 거친 천이 가슴에 닿아 아제르 아바르바넬은 가시에 찔리는 듯한 아픔을 느꼈다. 그는 놀란 눈으로 금욕주의자 아르뷔에즈의 품속에서 고통스러운 비명을 헐떡이고 있었다. 그는 혼미한 정신으로 이 운명의 밤에 그가 경험한 모든 것이 미리 계획된 형벌, 희망이라는 이름의 형벌임을 깨달았다! 대재판관은 나무라듯 당황스러운 눈빛을 하고는 금식으로 메말라 타는 듯한 목소리로 그의 귀에 속삭였다. "나의 아들아! 이제 구원의 날이 왔는데, 그 전날 너는 우리를 떠나려 했느냐!"

어떤 내기

'발밑을 조심할 것······.'
— 모두가 아는 속담

가을이 시작될 무렵, 갈색 머리 마리엘의 정원이 딸린 오래된 저택은 마치 잠들어 있는 것 같았다. 그 집은 포부르 생토노레 거리의 제일 끝에 위치하고 있었다. 이층에 있는 체리 빛 거실의 유리창들은 모래로 덮인 길과 잔디 분수기가 있는 쪽을 향하고 있었고, 길게 늘어진 커튼 사이로 빛이 쏟아지고 있었다.

그 방의 끝에는 양 끝이 꽃으로 장식된 철제 봉 위로 앙리 2세 때의 오래된 태피스트리가 드리워져 있었다. 그 사이로 옆방 탁자에 놓여 있는 커피 주전자와 과일들이 보였다. 식탁 위에 가득 놓인 크리스털들은 빛을 받아 영롱했고, 사람들은 자정부터 살롱에서 카드 게임을 하고 있었다.

꽃 장식이 된 작은 전구들과 은색 나뭇잎들로 장식된 두 개의 촛대는 방의 벽지와 묘한 조화를 이루고 있었다. 그리고 그 불빛 아래 너무나 우아하게 재단된 양복을 입은 두 명의 '신사'가 질레 카드 게임에 몰두해 있었다. 그들은 영국 사람 특유의 미소를 지으며 길고 탐스럽고 위엄 있는 구레나룻을 자랑하고 있다. 그들 건너편에는 젊은 갈색 머리 사제가 매력적이고 창백한 낯빛을 하고(마치 시체처럼) 그 누구보다 단호한 모습으로 에카르테 게임을 하고 있었다.

조금 떨어진 곳에 안주인 마리엘이 있었다. 그녀는 보라색 이음새를 대고 흰 눈 장식이 어깨 위에 찰랑거리는 모슬린 실내복을 입고 있었는데, 그 옷이 그녀의 검은 눈을 더 돋보이게 했다. 그녀는 원탁 위의 가볍고 긴 유리 술잔에 가끔씩 차가운 로드레 술을 따르며 진홍빛으로 칠한 왼쪽 집게손가락 사이에 끼운 러시아 담배를 연방 빨아들이고 있었다. 침착한 젊은 사제가 가끔씩 놀란 듯, 알 수 없는 격정에 갑자기 마음이 동요된 듯(그녀의 진주 같은 어깨에 몸을 기울이고) 그녀의 귀에 속삭이러 왔다. 그러면 그녀는 경멸적인 미소로 그가 속삭이는 말들에 그저 짧은 단음절로 대답하곤 했다.

그 외에는 침묵뿐이었다. 카드 소리, 금화와 자개 칩이 부딪히는 소리, 카펫 위에 떨어지는 지폐 소리만 가끔 들려올 뿐이었다.

공기와 가구와 천, 모든 것이 퇴색되어 있었다. 출렁이는 비로드 천들, 독한 동양 담배 냄새, 큰 거울들과 잘 세공된 흑단나무 가구들, 희미한 초들, 무지갯빛 꿈들⋯⋯.

*　*　*

섬세한 천으로 된 수도복을 입고 게임을 하는 튀세르는 자칭 신의 소명을 받았다는 온갖 잡동사니 성당 부사제들 중 하나였다. 눈살을 찌푸리게 하는 이런 패거리들은 다행스럽게도 점점 사라지고 있었다. 이제 그들에게 남은 부사제로서의 모습은 역사적으로나마 그들을 용서하게 해주었던 미소로 부푼 두 뺨뿐이었다. 그러나 튀어나온 턱뼈와 둥근 얼굴, 크고 거칠고 투박한 윤곽의 튀세르는 일반적인 부사제의 인상보다 더 음침해 보였고 순간순간 알 수 없는 죄의 그림자가 그의 실루엣을 더 어둡게 하는 것 같았다. 게다가 그의 어슴푸레한 낯빛은 그가 냉혹한 사디스트임을 보여 주고 있었다. 교활한 입술을 가진 그 얼굴은 야만적인 에너지를 뿜어 댔다. 앙심을 품은 듯한 게슴츠레한 눈동자가 슬퍼 보이는 네모진 이마와 직선의 눈썹 아래서 빛났고, 노을진 시선은 본능에 사로잡힌 듯 가끔씩 뭔가를 뚫어지게 직시했다. 논쟁으로 지친 듯한 쇳소리가 나는 목소리는, 이제는 변색되어 강퍅함이 좀 줄어든 것 같았다. 어쨌든 그는 포장에 싸인 단도 같은 느낌을 주었다. 거의 말이 없었지만 말을 할 때는 늘 일어서서 검지 하나를 실크로 된 술이 달린 우아한 허리띠 사이에 쑤셔 넣었다. 반쯤은 세속에 물들어 보이는, 언제든 도망치고 싶은 것처럼 행동이 '급작스러운' 그를, 사람들은 환영해서가 아니라 그저 봐준다는 생각으로 받아들였다. 그에게서 분출되는 혼란스럽고 알 수 없는 두려움에 동정심을 느꼈기 때문이었다. 배당금을 사기 칠 만큼 간교한 자들은 그의 신성모독적인 번지르르한 겉모습— 이상하게도 그런 효과를 주는 것은 그의 수도복이었다 —으로 식사를 하러 온 사람들의 무미건조한 삶에 색다른 재미를 주고 싶은 생각에 그를 초대하곤 했다. 하지만 그것은 늘 실패로 끝났는데, 왜냐하면 그의 모습은 그런 곳에서조차 사람들에게 매우 큰 종교적 부담을 주었기 때문이다(종교에 대한 회의적인 고뇌조차 가지고 있지 않은 변절자들의 집단에서조차 말이다).

그는 왜 그 옷을 고집하는 것일까? 혹시 수도복을 입지 않고 연미복으로 자신을 위장할 경우 자신의 '본질'이 위태롭게 될까 봐? 절대 아니었다! 다만 시기적으로 이제는 다른 옷을 입기엔 너무 늦었기 때문이었다. 그는 어떤 흔적을 가지고 있었다. 그와 같은 사람들은, 비록 외부 세계와 자신의 신앙생활을 확연히 구분 짓고 산다고 해도, 늘 표시가 나기 마련이었다. 무엇을 걸치건 그들의 어깨로부터 네소스의 보이지 않는 망토*의 흔적을 지워 버릴 수는 없었다. 비록 단 한 번 걸친 것뿐이었다 해도. 그리고 마치 르낭♦♦처럼 주님, 그러니까 그들의 심판관에 대해 떠들어 대지만 그 말을 하는 사이사이에 사람들은 어떤 검은 어두움이 그들 눈 깊숙이 서려 있음을 보게 된다. 올리브 나뭇잎들 아래서 갑자기 고요한 불빛이 비치기라도 하면, 사람들은 그들의 성스러운 뺨 위로 위선의 여신의 매스꺼운 키스 소리를 들을 수 있었다.

그런데 저 검은 수도복 주머니에서 매일 나오는 금은 대체 어디서 오는 것일까? 노름으로 딴 것일까? 그럴 수도 있다. 게다가 사람들은 그가 빚이 있는지, 정부가 있는지, 재산이 있는지에 대해 개의치 않는 표정이다. 게다가 요즘 세상에 그게 무슨 대수인가? 모두가 자기 일에만 골몰해 있고, 여자들은 그를 그저 '귀여운' 남자로 여길 뿐이다.

* * *

갑자기 튀세르는 카드를 거부하며 자기 패를 펼치며 말했다. "오늘 밤 1만 6천 프랑을 잃었군."

....

♦ 그리스 신화에 나오는 네소스가 복수를 위해 독을 묻혀 선물로 보낸 망토로, 한번 걸치면 죽게 된다.
♦♦ Renan. 19세기의 유명한 종교 연구가. 예수에 대한 인간적 저술을 썼다.

르 글라이엘 자작이 제안했다. "25루이를 다시 걸겠소?"

그러자 튀세르가 대답했다. "나는 아무것도 걸지 않고 게임을 하지는 않는데, 이제 내게는 금화가 없소. 하지만 나 같은 일을 하는 사람이 알 수 있는 비밀 하나가 있는데, 아주 굉장한 비밀이지요. 만약 당신이 동의한다면 다섯 판에 25루이 대신 그 비밀을 걸겠소."

깊은 생각에 잠긴 듯한 침묵이 오래 흐른 뒤…… "무슨 비밀이지요?"라고 르 글라이엘 씨가 입을 뗐다. 반쯤은 넋이 나간 것 같았다.

"물론 종교적인 비밀이지요!" 튀세르는 차갑게 응수했다.

이 손님의 짧고 단호한, 그리고 속임수 같은 것은 상상할 수도 없는 말투 때문이었을까? 아니면 신경줄을 노곤하게 하는 밤의 피곤 때문이었을까? 로드레 술의 금빛에 취한 때문일까? 아니면 그 모든 것들 때문일까? 두 명의 다른 손님과 미소 띤 마리엘조차도 이 말에는 몸을 떨었다. 세 명 모두는 이 수수께끼 같은 인물을 바라보며 마치 횃불 사이로 갑자기 늘어뜨린 뱀의 머리를 보는 것 같은 느낌을 받았다.

"우리가 모르는 종교적인 비밀은 많을 테니…… 당신에게 그중 하나를 물어볼 수도 있겠지요!" 르 글라이엘 자작은 어느 정도 평정을 찾은 듯 무감각하게 대꾸했다. "하지만 당신은 내가 그런 종류의 종교적 진실에 대해 비열한 호기심을 여전히 갖고 있다고 생각하는 것 같군요. 어쨌든 말을 마칩시다. 당신의 청을 거부하기에는 오늘 밤 내가 너무 벌었군요. 그러니 마음대로 해봐요! 다섯 판 계속 이기는 조건으로 25루이나 '교회의 비밀'을 겁시다!" 그러고는 사교계에서 닳고 닳은 남자답게 "사실 우린 그런 종교적 비밀 따위에는 별 관심도 없지만요"라고 덧붙였다.

다시 카드가 돌았다.

"신부님! 아세요? 지금 이 순간만큼은 신부님은 정말…… '악마'처럼 보이는군요." 사랑스러운 마리엘이 뭔가 생각에 잠긴 듯한 순진한 목소리로 외쳤다.

"무신론자들에게는 별 볼일 없고 말도 안 되는 내기로 보일 테지요!" 그 침착한 손님은 정신 나간 사람처럼 중얼거렸다.

그러자 르 글라이엘 자작이 소금통이 쏟아져도 눈 하나 깜짝하지 않을 파리 사람 특유의 무미건조한 미소를 흘리며 말했다. "종교적 비밀이라! 아! 아! 정말 재밌겠는걸."

튀세르가 상대를 바라보며 말했다. "만약 내가 또 지면, 당신은 그것이 정말로 재미있는 비밀임을 알게 될 겁니다."

게임이 시작됐다. 그리고 그 게임은 다른 게임보다 느리게 진행됐다. 튀세르가 한 세트를 먼저 이겼지만 그다음에는 곧 지고 말았다. "기막히군!!" 그가 말했다.

이상한 것은, 처음에는 장난스러운 미신처럼 생각되던 그 비밀에 대한 호기심이 알 수 없는 사이 조금씩 사람들을 부담스럽게 만들었다는 것이다. 사람들 주위로 납덩이처럼 무거운 적막감이 흘렀다. 그것은 어떤 두려움이었다. 사람들은 제발 튀세르가 이기기만을 바랐다.

점수가 2대 3일 때 르 글라이엘 자작이 하트 킹을 뒤집으며, 7 넉 장과 8 한 장을 갖게 되었다. 튀세르는 스페이드 스트레이트를 잡고 망설이다가 모든 것을 감수한다는 몸짓으로 만용을 부렸다. 그리고 그는 졌다. 당연한 일이었다. 모든 것이 너무 빨리 끝나 버렸다.

잠깐 동안, 부사제의 안광이 번뜩이고 이마에 경련이 일었다.

마리엘은 태평하게 자신의 분홍 손톱을 응시하고 있었다. 자작도 무심한 듯 아무것도 묻지 않고 자개 칩만 만지작거리고 있었다. 유유자적한 손님은 태연자약하게 몸을 돌려(마치 어떤 영감을 받은 듯한 몸짓으로) 곁에 있는 커튼을 젖혔다.

* * *

촛불이 희미해지자, 나무들 사이로 창백한 새벽빛이 나타났다. 그 희미한 빛은 살롱에 있는 젊은 사람들의 손을 시체처럼 보이게 했다. 집 안은 거래된 쾌락에 대한 후회로 점점 탁하고 메스꺼워졌다. 그러니까 권태로 말이다! 그러나 그들의 얼굴을 스치는 아주 어렴풋하면서도 폐부를 찌르는 비통함 같은 것이, 그들에게 남겨질 미래의 상처를 예고하는 듯했다. 비록 그들은 유령 같은 쾌락 외에는 그 어떤 것도 믿지 않는 사람들이었지만, 갑자기 이런 식의 삶이 공허하다고 느끼는 듯했다. 해묵은 '세상의 슬픔'이 그들의 의지와 상관없이 그 텅 빈 쾌락 위를 날갯짓하며 스쳐 지나갔다. 그들 사이에는 텅 빈 공허, 절망뿐이었다. 사람들은 모두들…… 그가 뭐라 한들…… 그 이상한 비밀을 듣고 싶어 하지 않았다.

하지만 부사제는 냉정하게 일어나 벌써 삼각 모자를 손에 들고 있었다. 그는 공식적인 태도로 세 사람을 쭉 둘러보더니 말하기 시작했다.

"부인, 그리고 신사 여러분, 제가 내기에 졌으니 이제 제 말을 기다리고 계시겠지요! 이제 그 값을 치르도록 하겠습니다."

그러더니 그 빛나고 화려한 사람들을 차갑게 응시하다가, 마치 장례식장의 조종 소리처럼 낮은 목소리로 다음과 같이 저주스럽고 이해할 수 없는 말을 내뱉었다.

"종교적 비밀이란 것은…… 그러니까…… '연·옥·은·없·다'는 것입니다."❖

사람들은 무슨 생각을 해야 할지 모른 채 심란해진 마음으로, 조용히 인사를 하며 현관을 향하는 부사제를 지켜보고 있었다. 벽에 난 창을 통해 음산하고 창백한 사제의 얼굴이 잠시 나타났다. 그는 눈을 내리깔고 소리 없이 문을 닫았다. 그 유령 같은 존재로부터 해방된 사람들은 겨우 숨을 내쉬었다.

"사실이 아닐 거예요!" 순진하고 감상적인 마리엘이 여전히 깊은 충격 속에 빠져서 더듬거리듯 말했다.

"판돈을 다 날린 인간이 허풍쟁이란 말은 듣기 싫어 아무 말이나 지껄인 걸 거요!" 르 글라이엘이 한 밑천 잡은 마부 같은 목소리로 다급하게 소리쳤다. "연옥이든, 지옥이든, 천국이든, 그런 건 다 중세 때나 있었던 소리지! 정말 농담 같은 이야기예요!"

또 다른 손님도 되는대로 지껄여 댔다. "요즘 같은 세상에 그런 생각을 하는 사람은 아무도 없어요!"

하지만 음산한 새벽빛 속에서, 젊은 성직자의 위협적인 거짓말은 어쨌든 통했다! 세 사람 모두 백지장처럼 하얘진 것이다. 그들은 바보 같은 억지 미소를 지으며 마지막 샴페인 잔을 들이켰다.

....
❖ 로마 가톨릭에서는 천국도 지옥도 아닌 중간 지역에 연옥이라고 하는, 죄의 대가를 치르고 천국에 가기 위해 단련을 받는 일시적인 상태나 체류지가 있다고 본다.

그날 아침, 그 유유자적한 손님의 놀라운 폭로에 마음이 짓눌린 마리엘은 속죄하는 마음으로 그녀의 '사랑'에 가까이 가지 않았다.

빌리에 드 릴아당
Villiers de L'Isle-Adam

빌리에 드 릴아당은 1838년 11월 7일 태어났다. 그는 특이한 정신의 소유자였으며, 비록 몰락하긴 했지만 기사도 정신의 가톨릭 전통이 강하게 남아 있던 귀족 가문의 후손으로 일찍이 문학에 열정을 바쳤다. 빌리에는 21세에 이미 낭만주의의 영향을 많이 받은 《제1시집》을 발간했다.

고향 브르타뉴에서 파리로 이주한 후 당시 유행했던 환상적이고 유심론적인 사고에 매력을 느꼈고, 신비주의에 관심을 갖기 시작했다. 그런 주제를 연구해서 나온 작품이 소설 《이시스》이다. 희곡 《엘렌》과 《모르간》에서는 그의 비관적인 세계관을 보여 주었다. 그는 1866년 《현대 고답시집Le Parnasse Contemporain》

에 말라르메를 비롯한 다른 유명 문인들과 적극적으로 참여했다. 《문학과 예술의 거리La Revue des lettres et des arts》 편집장의 자격으로 수많은 단편들을 출간하면서 그의 창작 활동의 중요한 양상이 될 요소를 미리 보여 주기도 했다. 그 후 파산한 빌리에는 다시 일어서지 못할 극심한 가난 속에서 10년 세월을 보내며 작품을 발표하지 못한 채 근근이 생계를 이어 나갔다. 1883년에야 《잔인한 이야기》로 문학계에 다시 나타났다. 이 작품집에는 무서운 이야기가 있는가 하면, 숭고한 아름다움을 그린 이야기도 있다. 비교秘敎적인 암시와 공상과학적 상상력도 뒤섞여 있다. 소설가 위스망스는 그의 걸작 《거꾸로》에서 젊은 세대들에게 이 작품을 꼭 읽어 보라고 권했다.

《잔인한 이야기》에서 보인 것과 같은 아주 이상주의적인 개념이 공상과학 소설 《미래의 이브》에서 다시 나타난다. 그러나 이 작품에는 현대 과학에서 나온 아이디어도 들어가 있다(인조인간 여인의 이야기이다). 《트리빌라 보노메》라는 제목의 단편집은 1887년에 세상에 나왔다. 그때부터 1889년 8월 19일 사망할 때까지 그는 희극과 동화를 창작했다.

'극적인 시' 《악셀》은 빌리에의 어둡고도 과도한 환상이 빚어낸 망상이 더욱 복잡하게 표현된 작품이다. 주인공 악셀은 아우어슈페르크의 젊은 영주이다. 자신의 성 밑에 보물이 숨겨져 있다는 걸 알고는 있지만 거기 관심을 두지 않으려고 애쓴다. 하지만 어느 날 밤 가문의 지하 납골당에 내려가고야 만다. 그리고 거기서 수녀원에서 도망친 수련 수녀 사라를 만난다. 사라는 젊은 영주 악셀처럼 장미 십자가 운동을 연구하다가 그곳까지 오게 된 것이었다. 사라는 악셀을 죽이려 하지만 두 사람은 격투를 벌이던 중 서로의 아름다움에 매혹당하고 만다. 그러자 그들은 자신들의 숭고한 감정이 퇴폐적인 욕망에 무릎 꿇지 않도록 자살을 결심한다.

작가가 사망한 지 몇 달 후인 1890년 2월 11일 스테판 말라르메가 브뤼셀에서 한 연설의 일부를 독자에게 소개한다.

빌리에 드 릴아당에 보내는 애도문

글을 쓴다는 것이 과연 무엇일까요? 오래되고 난해한 역사를 지닌 그 작업은 무언가를 갈망하는 일이며, 그 의미는 마음속 신비로 묻혀 있죠. 온전히 글쓰기에만 매달리는 사람은 배척당합니다. 누구도 살아남지 못하죠. 특히 어지러운 신성의 빛을 받은 자아는 더욱 그렇습니다. 글쓰기라는 부조리한 게임은 한 가닥 의심, 즉 숭고한 밤에 감춰져 있는 잉크 얼룩 같은 의심을 품게 만들어 모든 것을 없앴다가 다시 창조하게 만듭니다. 우리가 있어야 할 곳에 제대로 있는지 확인하기 위해서지요(두려움을 갖고 말하건대 우리 삶은 늘 불확실하기 때문입니다). 또한 글쓰기는 우리들의 오만을 거두어

내고 사물을 원래의 상태로 바라보게 합니다. 만일 글쓰기가 세상에 하나의 경고가 되지 못한다면, 즉 자신의 법칙에 따라 대담하게 흰 종이 위에 옮기는 실천이 되지 못한다면, 글쓰기는 다만 자살까지 이르게 되는 사기일 뿐입니다.

빌리에 드 릴아당에게 영감을 주었던 문학이란 악마는 이런 사실까지도 알고 있었을까요? 그는 갑작스러운 깨달음을 통해 글을 썼습니다. 물론 그는 그의 암호를 해독한 사람을 놀라게 할 의도는 없었지요. 릴아당의 놀라운 운명의 증언자인 저는, 저와 가까운 사람 중 그처럼 진실하고 외로우며 자기 자신을 의식하지만 때때로 자신을 잊은 채 경이로운 신비를 발견하려 한 작가는 본 적이 없습니다. 그 누구도 그처럼 격렬하고 초자연적인 충동에 끌려 끝 모를 환상까지 밀려가다가 '나 여기 있어!' 하며 짠, 하고 나타난 사람은 없었습니다. 자신의 운명뿐 아니라 인간의 운명이 번쩍이는, 마치 다이아몬드가 심장을 가르는 듯한 그런 청춘의 순간을, 그 누구도 빌리에만큼 포착하지 못했습니다. 동시대인들이 그의 시선을 부정했더라도 말입니다. 처음 그를 발견했을 때가 생각나는군요. 그가 우리를 놀라게 했던 걸까요, 아니면 그를 알아본 우리가 미쳤던 걸까요? 둘 다 맞는 얘기일 겁니다. 그는 아주 오래된, 혹은 아주 먼 미래의 깃발을 흔들고 있었습니다. 우리는 분명 그 깃발을 보았습니다.

갑자기 나타난 이 사람은 세상을 지배하길 원했습니다. 그리스의 왕위가 비었다는 기사를 신문에서 읽고 조상 중에 왕이 있었다며

튈르리 궁전에 대한 권리를 주장한 것은 아닙니다. 세상에 통용되는 모든 의미를 다시 재정립하려 했다는 겁니다. 누구나 인정했던 전설까지 부정하면서 왕처럼 군림하길 바랐던 이 사람은, 자신의 작품이 시와 가깝기를 바랐습니다. 그러고는 분별력 있는 통찰력으로 '우리 시대에 진정으로 고귀한 단 하나의 영광인 위대한 작가라는 영광을 빛나는 그의 가문에 보태기로' 결심했습니다. 그리고 그 다짐은 사실이 됐습니다.

• **주요작**

소설

1862년	《이시스*Isis*》
1883년	《잔인한 이야기*Contes cruels*》
1886년	《미래의 이브*L'Ève future*》
1887년	《트리뷜라 보노메*Tribulat bonhomet*》
1888년	《이상한 이야기*Histoires insolites*》
	《신新 잔인한 이야기*Nouveaux contes cruels*》

희곡

1865년	《엘렌*Elën*》
1866년	《모르간*Morgane*》
1890년	《악셀*Axël*》(사후 출간)

옮긴이 박혜숙

연세대 불어불문학과와 동 대학원 불문학 석사를 마쳤고, 미국 오하이오 대학에서 불문학 석사, 파리 소르본 대학에서 불문학 박사 과정을 마쳤다. 번역서와 저서로 《채털리》, 《소설의 등장인물》, 《영화배우》, 《매체와 이야기의 인문학》, 《프랑스 문학입문》, 《프랑스 문화와 예술》, 《프랑스 문학에서 만난 여성》 등이 있다.

옮긴이 이승수(해제, 작가 소개)

한국외국어대학교 이탈리아어학과를 졸업하고 동 대학원에서 비교문학 박사 학위를 받았다. 옮긴 책으로 《순수한 삶》, 《신부님 우리들의 신부님》, 《그날 밤의 거짓말》, 《그림자 박물관》, 《달나라에 사는 여인》, 《넌 동물이야, 비스코비츠!》 등이 있다.

지난 파티에서 만난 사람

초판 1쇄 발행 | 2011년 9월 19일
초판 2쇄 발행 | 2014년 1월 15일

지 은 이   빌리에 드 릴아당
옮 긴 이   박혜숙
디 자 인   최선영 · 장혜림

펴 낸 곳   바다출판사
발 행 인   김인호
주   소   서울시 마포구 서교동 401-1 5층
전   화   322-3885(편집), 322-3575(마케팅부)
팩   스   322-3858
E-mail   badabooks@gmail.com
홈페이지   www.badabooks.co.kr
출판등록일   1996년 5월 8일
등록번호   제 10-1288호

ISBN 978-89-5561-586-9 04860
       978-89-5561-565-4 04800(세트)